비밀의 하늘

비밀의 하늘

김푸름 지음

바른북스

목차

1. 안녕? 친구 할래? · 6

2. 최악의 날 · 25

3. 회원 모집 중 · 34

4. 각자의 사정 · 45

5. 누구에게도 말하지 않은 · 58

6. 잘 해내고 싶어 · 72

7. 난 좋은 아이? · 86

8. 아니, 나쁜 아이 · 96

9. 그러니까 진짜 내 마음은 · 106

10. 좋은 일과 나쁜 일은 늘 함께 · 120

11. 너에게만 말하는 비밀 · 134

12. 있는 그대로의 내 모습 · 144

작가의 말

1.
안녕? 친구 할래?

망할 반 배정 같으니.

난 진짜 반 배정이라는 게 이루어지는 원리를 도저히 모르겠다. 일단 랜덤으로 돌린 다음에 선생님들께서 따로 조정을 하시는 걸로 알고 있는데. 아니, 랜덤으로 돌려서 나온 거면 억울하지는 않지. 왜 컴퓨터가 공정하게 뽑아준 걸 선생님들이 다시 손을 대냐는 말이다.

물론 똑같이 생긴 일란성 쌍둥이를 구분하기 위해서, 학교 폭력 가해자와 피해자를 분리해 놓기 위해서. 그래, 이것까지는 내가 이해한다. 그런데, 커플이라는 이유만으로, 너무 친하다는 이유만으로 반을 떨어뜨려 놓는 건 대체 무슨 구시대적인 발상이란 말인가.

모든 학생의 입맛에 다 맞춰줄 수 없다는 건 나도 안다. 그래도 이건 아니지. 이건 진짜 선생님들께서 잘못 생각하신 거다.

올해는 1반. 그리고 난 작년에도 1반이었다. 그리고 1반이었던 1학년 생활은 그야말로 나의 전성기.

첫 단추를 잘 끼워야 한다는 말에 맞서기 위해 공부를 열심히 한 결과, 학기 말에 장학금을 받았다. 선생님들께 평소 좋은 모습을 각인시켜 놓은 덕분도 있었다고 생각한다.

그리고 친구 관계는 두말할 것도 없이 좋았다. 모두와 다 친한 건 아니었지만 대부분의 아이들과 트러블 한번 없이 좋은 관계를 만들었고, 1년 동안 반장으로서 반 아이들을 이끌었다. 그동안 인간관계에 있어서 많은 흑역사를 쌓아왔는데, 드디어 그 수많은 흑역사를 뚫고 새로운 시작을 하게 된 것이다.

그랬는데, 분명 그랬는데. 이제 1년 동안 만들어 놓은 것이 있으니 잘 유지만 시키면 된다고 생각했는데. 젠장. 또 새로운 시작을 하게 생겼다. 그것도 진흙투성이가 된 출발점에서.

일단 아는 애가 없다. 반장을 하며 학생 회의에도 많이 참석하고, 동아리도 하며 다양한 활동들을 하긴 했지만 그렇다고 해서 다른 반의 사정까지 다 아는 건 아니지 않은가? 진짜 처음 들어보는 아이들이 너무 많았다. 나 스스로도 '아니, 어떻게 이렇게까지 모르는 애들만 있을 수 있지?'라는 생각이 들었는데 다 이유가 있는 거였다.

이건 모든 학년에 해당되는 얘긴데, 1반이랑 6반은 가장 멀리 떨어져 있다. 우리 학교는 중앙 복도를 기준으로 오른쪽에는 1반부터 3반, 왼쪽에는 4반부터 6반, 이렇게 세 반씩 붙어 있다. 그러니 가장 멀리 떨어진 1반이랑 6반은 사실 딱히 서로 볼 일이 없다.

그런데 올해 1반에는 유독 작년에 6반이었던 아이들이 많이 올라왔다. 반의 3분의 1이 작년에 6반이었던 아이들이었다. 그리고 문제는 지금 내가 가는 이 교실엔 나와 함께 1반이었던 아이가 나를 포함해 딱 2명 있다는 거다. 게다가 대화도 몇 번 안 해보고, 친하지도 않은 아이였다.

선생님들은 나랑 가장 가까웠던 친구 4명을 모두 각각 다 다른 반으로 보내버렸다. 컴퓨터가 이렇게 뽑아

쳤다고? 아니, 이건 우리가 선생님들의 새까만 손아귀에 놀아난 것이 틀림없다.

이미 반 배정이 어떻게 나왔는지는 소문으로 다 들어 버려서 교실에 들어가기가 두려웠다. 가방이 무거운 건지, 마음이 무거운 건지는 알 수 없었지만 누가 내 머리에 돌덩이를 얹어놓은 건 확실했다. 난 거북이보다 느린 발걸음으로 3층 계단을 올랐다.

교실 앞에 도착하고 뒷문에 달린 창문 사이로 슬쩍 교실 안을 들여다보았다. 새 학기 첫날이라 그런지 나름 꽤 일찍 왔다고 생각했는데 나보다도 먼저 도착한 아이들이 있었다.

막상 교실까지 무사히 와서 그런가, 걱정되었던 마음이 살짝은 누그러들었다. 난 조금은 가벼워진 마음으로 싱긋 한번 미소 지었다. 그래, 이왕 이렇게 된 거 한번 잘 적응해 보자. 충분히 해낼 수 있을 거다. 난 사회성이 좋은 아이니까.

순간 앞문으로 들어가 아이들의 이목을 끌어볼까도 생각했으나 금방 관두기로 했다. 역시 일단은 눈에 크게 띄지 않는 게 좋다.

난 조심스레 뒷문을 열고 교실로 들어갔다. 교실은

내 생각보다 엄청나게 조용했다. 그래도 서로 아는 친구들끼리는 막 떠들고 있을 줄 알았는데. 다 각자 핸드폰만 쳐다보고 있었다. 역시 반 배정이 문제야. 선생님들도 이렇게 세세한 부분까지 신경 쓰지는 못했겠지. 그러다 보니 어쩌다 조용한 애들이 싹 다 이 반으로 몰린 거야.

 난 긴장을 풀려고 작게 한숨을 내쉬었다. 좋아. 좋게 생각하자. 너무 나대는 애들이 있는 것보다는 차라리 조용한 애들이 있는 게 나을지도 몰라. 이런 분위기면 딱히 반장 선거에 나갈 애들도 없을 것 같은데 내가 반장이 되어서 이 반을 밝은 분위기로 잘 이끄는 것도 좋겠다.

 그렇게 생각하며 나는 얼른 자리 배치를 스캔했다.

 아, 쟤들은 맨 뒷자리에 앉아서 소곤소곤 떠들고 있는 거 보니 좀 시끄러운 애들이겠네. 딱 보니 공부도 안 할 것 같고. 쟤들 근처에 앉았다가는 내 공부에 방해가 되고 말 거야. 만약 저 자리 그대로 모둠 활동을 한다고 생각해 봐. 제대로 참여도 안 해서 결국 내가 다 하게 되겠지.

 저기는 너무 조용한 애들만 모여 있는 거 같은데? 나

랑 같은 반이었던 애도 저쪽에 앉아 있네. 왠지 딱히 친하게 지내고 싶은 분위기는 아니야. 계속 나만 말 걸다가 어색한 사이 될걸?

어? 두 번째 줄에 앉아 있는 쟤 내가 아는 애인 것 같은데. 어디서 봤더라? 아, 맞다. 작년에 직업 체험하는 특별 활동 했을 때 내 옆자리라 잠시 인사 나눴던 애네. 쟤 좀 조용하면서도 대화는 잘 됐었는데. 오, 잘됐다! 마침 쟤 앞자리가 교탁 바로 앞자리네. 교탁 바로 앞에 앉아야 선생님들 눈에도 들기 쉽지. 좋아, 저기 앉아야겠다.

난 조용히, 그리고 어색한 티를 내지 않으며 자연스럽게 교탁 앞자리로 가 앉았다. 옆자리에는 아직 아무도 없었다. 아무래도 교탁 바로 앞자리는 좀 부담스러워하는 아이들이 있으니까. 근데 아이들이 잘 모르는 사실이 있다. 교탁 바로 앞자리가 얼마나 꿀자리인지 말이다. 새 학기 첫날 선생님 눈에 띈다는 건 매우 좋은 일이다. 스스로가 불량한 양아치가 아닌 이상 선생님들의 눈에 잘 띄면 분명 아주 쉽게 선생님들의 사랑을 독차지할 수 있다.

난 오늘은 첫날이라 정규 수업을 진행하지 않는다는

걸 알고 있음에도 불구하고 일단 필통을 꺼냈다. 그리고 필기구를 꺼내 나만의 규칙대로 책상 한구석에 배열하기 시작했다.

화이트, 삼색 볼펜, 샤프, 지우개.

이로써 난 새 학기를 맞이할 완벽한 준비를 끝냈다. 뭔가 뿌듯한 마음에 나도 모르게 입꼬리가 올라갔다. 물론 다른 아이들은 눈치채지 못할 정도로 아주 작게.

혼자 뿌듯해하고 있는 그때 누군가 나의 오른쪽 어깨를 잡았다. 순간 놀라 뒤를 돌아보니 작년 특별 활동 때 내 옆자리에 앉았던 그 애가 나에게 한쪽 손을 수줍게 흔들고 있었다.

"안녕? 너 하늘이지?"

예상치 못한 일이었다. 필기구를 정리하며 언제 말을 걸면 좋을지 고민했는데 나에게 먼저 말을 걸어주다니! 하지만 기쁜 내 감정을 온전히 드러내면 안 된다. 이 조용한 교실에서 너무 밝게 인사를 받아주는 건 분위기와 맞지 않기도 하고, 사실 우리는 딱 한 번 얘기를 나눠본 사이니까. 내가 너무 반가운 척을 하면 오히려 상대방이 이상하게 생각할 수도 있다.

"안녕?"

난 살짝 눈웃음을 지으며 인사했다.

"우리 같은 반이네? 작년에 봤었잖아."

이 아이도 다행히 나를 기억하고 있었다. 이제 얘기를 자연스럽게 이어가 봐야지.

"그러게, 잘됐다! 윤서 맞지? 나 사실 이 반에 아는 애가 없었거든."

"헐, 나도. 반 배정 완전 망했어…."

애도 친한 친구들이랑 반이 떨어졌나 보네. 계산한 건 아니었지만 얼떨결에 공감대 하나를 형성했다. 새 학기 첫날에 이런 얘기로 친해지는 건 국룰이지.

그리고 난 윤서의 책상을 슬쩍 스캔했다. 필통이랑 수학 문제집. 메모지도 색깔별로 꺼내놨네? 첫날부터 공부라니. 얘 분명 공부 잘하는 애다. 이 아이랑 친해져서 나쁠 건 없겠어. 이렇게 성실한 애랑 친구가 돼서 붙어 다니면 선생님들도 좋게 보시겠지?

그것 말고는 별다른 특징이 없어 무슨 얘기를 해야 하나 속으로 고민하던 그때 윤서가 가방에서 보온병을 꺼내 물을 마셨다. 그런데 보온병을 자세히 보니 축구공부터 시작해서 무슨 축구팀의 로고까지 축구와 관련된 스티커가 잔뜩 붙어 있었다. 난 이거구나 싶었다.

"너 축구 좋아해?"

"아, 응! 나 축구 팬이거든."

윤서의 눈이 초롱초롱 빛났다. 내가 딱 상황에 적합한 질문을 했구나 싶었다. 윤서는 핸드폰에서 무언가를 찾더니 나에게 축구 선수 사진을 보여주었다.

"너 이 선수 알아? 나 이 선수 완전 팬이야."

"오, 어디서 본 것 같아!"

아니. 사실 살아생전 처음 본다. 게다가 우리나라 선수도 아니고 외국 선수를 보여줬는데 내가 알 턱이 있나. 난 축구에는 전혀 관심이 없다. 그래도 어쩔 수 없다. 조금이라도 관심이 있는 척해야 대화가 이어지니까.

"그래? 너도 본 적 있어? 이 선수 엄청 유명하거든. 너도 축구 좋아하나 보구나?"

"사실 경기 규칙 같은 건 잘 모르는데 가끔 경기 보는 건 좋아해. 골 넣으면 쾌감 장난 아니잖아."

딱 이 정도. 더 깊은 질문이 들어오면 내가 대답할 수가 없으니까. 깊게 아는 건 아니지만 너와 대화를 할 수 있는 정도만큼은 좋아한다. 이게 핵심이다.

그렇게 얘기를 나누는 사이 종이 쳤다. 잠시였지만 대화를 나눠보니 대충 어떤 애인지 알 수 있었다. 윤서는 목소리 자체가 크지 않아 조곤조곤하게 말하는 스타일이었다. 말끝을 좀 흐리는 것 같기도 하고. 그리고 자기는 공부 잘 못한다고 겸손하게 말하는데 밑줄이 빼곡히 그어진 문제집을 보니 적어도 중상위권은 될 것 같았다. 또 올해 성적이 잘 안 나올까 봐 걱정이라는 말도 했는데 진짜 불안해하면서 말하는 걸 보니 성적에 좀 집착할 것 같은 면이 있었고, 그 스트레스를 축구를 보며 푸는 것 같았다.

새 학기 첫날부터 공부하는 걸 보니 대단하고 본받고 싶다는 생각도 있었지만 한편으로는 아직 중2밖에 안 됐는데 이렇게까지 공부할 필요가 있나? 싶은 생각도 들었다. 공부에 관한 생각이 잘 안 맞는 거 보니 나랑 그렇게까지 결이 비슷한 애라고 느껴지지는 않았다. 그래도 오늘 처음 얘기 나눈 친구니까 한번 잘 지내봐야겠다.

그렇게 생각하는 사이, 1년 동안 우리를 담당할 담임 선생님이 들어오셨다.

올해는 반도 반이지만 다른 것들도 많이 바뀌었다. 작년까지 계시던 선생님들은 거의 모두 다른 학교로 가 버리고, 새로운 선생님들이 우리 2학년을 담당하게 되었다.

우리 반 담당은 키가 크신 남자 체육 선생님이었다. 보통 체육 선생님은 좀 엄하신 면이 있는데 다행히 우리 반 선생님은 그렇게 까다로워 보이지도 않았고, 성격도 되게 좋아 보였다.

사실 내가 가장 좋아하는 국어 선생님이 담임 선생님이 되지 않은 건 아쉬웠지만 뭐, 상관없다. 국어 선생님은 수업 때 만나면 되니까. 내가 잘만 행동하면 이 선생님께도 쉽게 사랑받을 수 있을 것이다.

정말 아침까지는 왜 그렇게 고민했나 싶을 정도로 일이 술술 풀리고 있었다. 앞으로 이대로만 생활하면 아무 문제도 없을 것이다. 아무 문제도.

"야, 유하늘!"
"은솔아!"

작년에 같은 반에서 처음 만나 가장 친하게 지냈던 친구, 은솔이다. 은솔이가 쉬는 시간에 우리 반을 찾아왔다. 우리는 보자마자 복도로 나가 서로 손을 잡고 방방 뛰었다.

"아니, 반이 너무 멀어서 찾아오기 힘들었잖아."

"넌 6반이니까. 힘들면 안 와도 괜찮은데."

말은 이렇게 했지만 나도 은솔이를 보고 싶었다. 하지만 솔직히 난 6반까지 찾아가 문을 열고 자신 있게 은솔이의 이름을 부를 용기가 없었다. 그리고 왠지 은솔이가 먼저 우리 반에 올 것 같다는 예감도 들었다.

"와, 근데 너희 반 뭐냐? 왜 이렇게 삭막해? 방금 문 열고 너 부르는데 시선 집중돼서 좀 쪽팔렸잖아."

"나도 아침에 교실 들어갔는데 우리 반 분위기 너무 조용해서 완전 놀랐어."

"에휴, 네가 고생이 많겠다."

은솔이는 나의 어깨를 토닥였다.

"에이, 고생은 무슨. 좀 걱정되긴 하지만 이미 인사 나눈 친구도 생겼고, 다른 친구들도 사귀면 되니까."

난 해맑게 웃으며 말했다. 사실 나도 속으로는 이런 반에서 고생 많이 할 것 같다고 생각했지만 그렇게 말할 수는 없지.

"야, 내가 자주 찾아올게. 그러니까 걱정 마."

"역시 너밖에 없어!"

난 은솔이를 꽉 껴안았다. 뭐, 사실 은솔이의 말이 빈말인 것 정도는 안다. 원래 새 학기에는 반이 떨어진 친구들끼리 이런 말을 많이 하지만 그것도 겨우 일주일 정도 유지될 뿐, 대부분은 일주일을 넘어가면 각자 자기 반에 적응해서 잘 살아간다. 인간은 적응의 동물이라는 말도 있지 않은가. 그래도 이런 말을 해주는 은솔이가 참 고마웠다.

쉬는 시간이 5분 정도 남았을 무렵, 은솔이는 미리 교실로 돌아갔고 나도 다시 교실로 들어갔다. 뒤에서 보니 우리 반은 시끌벅적한 다른 반과는 다르게 진짜 너무 조용했다. 쉬는 시간이 되어도 복도에 나가는 아이들이 거의 없었고, 조용히 옆자리 친구와만 대화하거나 각자 공부를 하는 아이들밖에 없었다.

나도 그렇게 활발한 편은 아니지만 그렇다고 이렇게까지 조용하지는 않은데. 내가 정말 이 반에 잘 적응할 수 있을지 다시 걱정이 샘솟았다.

윤서를 보니 열심히 수학 문제집과 씨름을 하고 있었다. 난 윤서 말고도 새 친구를 사귀어 보기로 했다.

우리 반은 여자아이들보다 남자아이들이 많았는데 난 일단 여자아이들과 친해지고 싶었다. 그래서 다시 교실을 천천히 둘러봤다. 그때 내 눈에 들어온 한 아이가 있었다. 그 아이는 교실 3번째 줄 맨 끝자리에 앉아 혼자 책을 읽고 있었다. 겉으로만 봤을 땐 그렇게 밝아 보이지도 않고, 자리도 눈에 띄지 않는 곳에 앉아 있어 다른 친구들도 아직 말은 안 걸어본 것 같았다.

그런데 난 오히려 그런 아이들한테 끌렸다. 난 나보다 밝은 친구랑 있으면 기가 쫙 빨려 내가 말을 더 많이 하는 일이 있더라도 차라리 조용한 애랑 친구가 되는 것이 좋다. 그럼 내가 먼저 말을 걸어봐야지!

난 조심스레 그 아이 자리로 갔다. 다행히 그 아이 옆자리는 비어 있었다.

"저, 안녕?"

그 아이는 무뚝뚝한 얼굴로 나를 돌아봤다.

"나 여기 잠깐 앉아도 돼?"

난 가볍게 웃으며 빈자리를 가리켰다.

"그건 그 자리 주인한테 물어봐야지. 나한테 물어볼 게 아니라."

"아, 그렇지…."

아니 맥락을 이해 못 했나? 여기 앉아도 되냐고 물어보는 건 너랑 잠시 대화하고 싶은데 해도 되겠냐는 거 잖아. 하, 아니다. 애 말이 틀린 것도 아니니까.

"자리 주인한테는 나중에 잠시 앉았다고 말할게."

난 무턱대고 개 옆자리에 앉았다.

"너 작년에 몇 반이었어?"

"…."

"난 1반이었어! 얼굴 한 번도 못 본 것 같은데 반이 떨어져 있었나?"

"…."

그 아이는 나를 쳐다보지도 않고는 태연하게 읽고 있던 책장을 넘겼다. 순간 민망했지만 겨우 이런 일로 기죽을 내가 아니지. 난 대화를 포기하지 않았다.

"이거 무슨 책이야? 엄청 두껍네."

난 그렇게 말하면서 그 아이 쪽으로 몸을 기울였다. 그제야 그 아이는 나를 쳐다보았다. 대신 눈살을 찌푸리고 있었지만.

"너 이름이 뭐야? 나는 유하늘이야."

난 그 매서운 눈살을 무시한 채 내 명찰을 가리키며 그 아이를 향해 미소를 보냈다. 그렇게 나를 쳐다본다 해도 뭐 어쩌겠는가. 네가 그러면 그럴수록 다른 사람한테는 나만 좋은 사람으로 보일걸? 말도 없는 애한테 먼저 말을 걸며 미소를 날려준 착한 아이라고.

그 아이는 나를 잠시 쳐다보더니 고개를 돌려 한숨을

내쉬었다. 그러더니 다시 나를 향해 말했다.

"너, 나 알아?"

갑자기 이게 무슨 소리지?

"아, 아니? 잘 모르지. 그러니까 지금 물어보잖아. 이름이 뭔지…."

"잘 모르면서 왜 친한 척 말 거는데."

아니 이게 무슨 황당한 소리인가. 순간 가슴이 쿵 내려앉고 표정 관리가 되지 않았다. 그동안 내가 건넨 인사에 웃지 않으며 받아준 사람은 아무도 없었다. 그런데 웃기는커녕 이건 완전히 나를 무시하는 게 아닌가? 혹시 좀 내성적인 성격인가? 그래서 갑자기 말을 건 게 당황스러웠나?

"갑자기 말 걸어서 미안. 그냥 너랑 친해지고 싶어서."

"난 별로 안 친해지고 싶어."

뭐 이런 애가 다 있어? 순간 자존심이 팍 상했다. 아무리 마음에 안 들어도 그렇지, 사람을 앞에 두고 어떻게 저렇게 말할 수가 있지? 난 애써 웃는 얼굴을 유지했다.

"아, 그래? 책 읽는 거 방해해서 미안해. 나 갈게."

그 아이는 내가 등을 돌릴 때까지도 나를 쳐다보지

않았다. 결국 이름도 듣지 못했네. 물론 친절하게 건넨 인사에 눈보라처럼 차가운 반응이 돌아와서 기분이 나빴다. 하지만 사실 그것보다는 오히려 오기가 생겼다. 왜 저렇게까지 반응하는지 알 수 없지만 어쨌든 난 저 아이와 꼭 친해져야겠다.

"아, 쟤 걔네!"
"너 쟤 알아?"

점심시간에 중앙 복도에서 은솔이를 만났다. 우리는 급식에서 받은 과일 주스를 마시며 복도 중앙에 있는 의자에 앉았다.

"응, 쟤 작년에 6반이었어. 독서 동아리 같이해서 알아."
"쟤도 6반이었구나."
"이름이 뭐였지? 애가 하도 말이 없어서."
"아니, 난 그냥 친해지고 싶어서 물어본 거였는데 이름도 안 가르쳐 주더라고…."

난 말하는 중에도 목이 타서 주스를 한 입 들이켰다.

"아, 생각났다. 이름 예뻤어. 이구슬."
"이름이 구슬이야?"
"응. 근데 이름만 예쁘면 뭐 하나? 성격이 저런대."

"다른 애들한테도 차갑게 굴어?"

"완전. 나도 쟤한테 말 걸었다가 대차게 까였잖아. 그 뒤로는 신경도 안 써. 너도 저런 애한테까지 친절하게 굴 거 없어."

은솔이는 내 머리를 한번 쓰다듬었다. 왠지 나를 자기보다 어린 동생처럼 대하는 것 같았다. 근데 난 그게 좋았다. 은솔이가 그렇게 느끼도록 계속 내 이미지를 형성해 왔으니까.

"그래도…. 생각해 보니까 혹시 내가 갑자기 말 걸어서 부담스러웠던 게 아닐까?"

"와, 넌 진짜 애가 그렇게 착해서 어디다 쓰냐. 그런 말을 듣고도 그런 생각이 들어? 너한테 별로 안 친해지고 싶다고 했다며."

"응…. 근데 난 왠지 자꾸 걔랑 친해지고 싶어."

"넌 진짜 순수하다 해야 할지, 바보 같다고 해야 할지. 아니 좋은 애들 놔두고 그런 애랑 굳이 왜?"

"어쩌면 나쁜 애는 아닐지도 모르잖아."

"유하늘, 넌 대체 어떡하면 좋니…."

그러면서 은솔이는 내 양 볼을 막 문질렀다. 이로써 난 또 순수하고 착한 이미지를 하나 더 만들었다. 하지만 그렇다고 해서 착하고 순수해 보이려고 일부러 은솔이에게 거짓말을 한 건 아니었다. 그 아이, 구슬이와 친해지고 싶다는 건 진심이었으니까.

　사실 나도 내가 왜 그런 막말을 하는 애랑 친해지고 싶은 건지는 잘 모르겠다. 그냥 왠지 그렇게 나쁜 애는 아닐 것 같다는 생각이 든다. 성격이 나쁘다기보다는 그냥 억지로 막 밀어내는 느낌? 일단 오늘은 이미 한번 거절당했으니까 내일 다시 한번 인사를 건네봐야겠다.

2.
최악의 날

그러니까, 오늘은 그야말로 최악의 날이었다.

"안녕, 윤서야! 이거 먹을래?"
"우와, 나 이 초콜릿 엄청 좋아하는데! 고마워!"

시작은 좋았다. 난 학교에 가서 바로 뒷자리인 윤서에게 먼저 인사를 건넸다. 다행히 자리는 첫날 마음대로 앉은 그 자리 그대로 1학기 동안 앉기로 했다. 선생님이 익숙한 게 좋다나 뭐라나.

윤서는 오늘도 아침부터 수학 문제집을 풀고 있었다.
"와, 아침부터 공부하는 거야? 대단하다!"

"아니야, 못하니까 많이 풀기라도 해야지."

"에이, 무슨 소리야. 너 이러다 시험 다 100점 맞겠다? 아, 라이벌 생긴 건가!"

윤서는 내 말을 듣더니 아니라며 손사래를 쳤다. 상대방의 장점을 최대화해 기분을 좋게 띄워주는 것. 이게 바로 친구 간의 대화의 기본 중 기본이다. 딱히 진짜 경쟁심이 생겨 그렇게 말은 한 건 아니다. 하지만 내가 진심이든 아니든 그건 중요하지 않다. 이렇게 말함으로써 난 일단 이 대화의 우위를 차지하게 되고, 친구의 좋은 점을 캐치해서 말해주는 착한 아이가 된 거다. 게다가 칭찬을 듣는 상대방도 기분이 좋으니 일석삼조가 아니겠는가.

"아, 잠깐만."

난 바로 초콜릿을 하나 더 들고는 구슬이의 자리로 갔다. 구슬이 옆에는 짝지가 앉아 있어서 오늘은 구슬이를 앞에서 마주 보았다.

"저기, 안녕?"

이름을 알고 있지만 왠지 본인도 말 안 해준 이름을 부르면 싫어할 것 같아 여전히 모른 척했다. 구슬이는 오늘도 여전히 책을 읽고 있었다. 어제 읽고 있던 책이랑은 다른 것 같은데 책을 좋아하나?

"저기…."

구슬이는 두 번을 부르고 나서야 나를 쳐다봤다. 여전히 표정은 딱딱했다. 난 구슬이의 시선에 맞춰 쭈그리고 앉았다.

"이거 먹을래?"

난 나에 대한 경계를 풀라는 의미로 최대한 환하게 웃으며 구슬이에게 초콜릿이 든 손을 내밀었다. 구슬이는 잠시 초콜릿을 빤히 바라보았다.

"아, 이거 2+1이더라고. 그래서 샀는데 나 혼자는 다 못 먹을 것 같아서."

구슬이가 부담스럽게 느끼지 않도록 다 먹지도 못할 초콜릿을 산 내 탓으로 돌린다. 이것 또한 대화의 기술이다. 내가 이렇게 밝게 얘기하는데 같이 웃으며 받아주지 못한다면 그건 그거대로 문제가 있다고 생각한다. 그때 구슬이가 입을 열었다.

"필요 없어."

"아, 혹시 초콜릿 싫어해?"

초콜릿 말고 젤리를 사 올 걸 그랬나? 구슬이는 아예 들고 있던 책을 내려놨다. 그리고 내 두 눈을 똑바로 쳐다봤다.

"네가 나한테 왜 자꾸 말을 거는지는 모르겠는데, 난 너한테 해줄 수 있는 게 없어."

뭐? 해줄 수 있는 게 없다고? 그게 문제였던 거야? 그래서 나한테 딱딱하게 굴었던 거야? 순간 너무 당황해서 나도 모르게 동공이 확장됐다.

"나 너한테 바라는 거 없어! 이거 그냥 주고 싶어서 주는 거야."

난 구슬이의 책상에 초콜릿을 올려놓았다.

"필요 없다고."

"아니, 받아도 괜찮은데…."

"아씨, 진짜 가라고!"

구슬이의 목소리가 커졌다. 교실에 있는 모든 아이들이 우리 쪽을 쳐다봤다. 안 그래도 조용하던 교실에 더 어두운 침묵만이 맴돌았다. 구슬이는 다시 나를 못 본 체하고는 책으로 시선을 돌렸다.

진짜 입에서 욕이 튀어나오는 걸 간신히 참았다. 다른 사람들의 애정 어린 시선을 받는 걸 즐기지만 이런 식으로 시선을 받고 싶진 않았는데. 왠지 사람들 다 보는 앞에서 좋아하는 사람에게 고백하고 차인 기분이었다. 지금 아이들이 이 상황을 뭐라고 생각할까. 조용히 책 읽고 있는 애 앞에 멀뚱멀뚱 쭈그리고 앉아 있는 나를 뭐라고 생각할까. 한심하게 생각할지도 몰라.

 난 아무렇지 않은 척하며 자리로 돌아갔다. 그리고 생각했다. 내가 뭘 그렇게 잘못했는가. 친해지고 싶어서 초콜릿 준 게 뭐가 잘못이라고. 여태껏 나를 싫어한 사람은 아무도…. 아니 있긴 했지만 그래도 이렇게 노골적인 대우를 받는 건 너무 오랜만이었다.

"하늘아, 왜? 무슨 일이야?"

 윤서가 나를 불렀다. 눈물이 차오르는 걸 간신히 참으며 윤서를 보고 웃었다.

"아니야, 아무것도."

 당장 구슬이에 대한 욕을 퍼붓고 싶었다. 하지만 참았다. 아무리 마음에 안 드는 사람이 있어도 그 사람에 대해서 함부로 말하고 다니선 안 된다. 인간관계란 어떻게 될지 모르기 때문이다. 이건 내 인생 철칙이다. 살다 보면 정말 싫어하는 사람에게 도움을 받아야 할 일이 생길 수도 있고, 한판 싸운 사람이랑 다시 화해할 수도 있는 거니까. 뭐, 구슬이랑 친해지는 일이 있을진 모르겠지만.

그때 담임 선생님이 들어오셨다.

"자, 애들아. 오늘 반장 뽑기로 했지?"

맞다. 지금 구슬이에게 신경 쓰고 있을 게 아니다. 오늘은 새 학기의 가장 큰 이벤트 중 하나인 반장을 뽑는 날이다. 아, 나한테만 큰 이벤트인 건가?

"반장 하고 싶은 친구 있어?"

난 손을 번쩍 들면 너무 하고 싶은 티가 날 것 같아 1초 기다렸다가 손을 들었다. 크게 생각해 본 적은 없지만 이왕 얘기가 나온 거 한번 해볼까? 같은 느낌을 주는 거다. 누가 손을 들었는지 당장 고개를 돌려 확인하고 싶었지만, 이것 역시 너무 생각 없는 행동이다. 난 선생님이 칠판에 후보를 적을 때까지 가만히 있었다.

후보는 총 5명. 그중엔 윤서도 있었다.

아이들은 각자 앞으로 나가 자신이 반장이 되면 잘할 거라는 얘기를 했다. 일단 보니까 윤서가 반장이 될 확률은 거의 없다. 윤서는 활기차지도 않고 너무 소심하기 때문이다. 수십 명을 이끌어 갈 정도의 능력을 가지고 있는 것처럼 보이진 않는다.

이어서 다른 아이들의 짧은 연설도 들었다. 대부분은 평범했지만 장난처럼 대충 몇 마디 던지고는 아이들에게 웃음을 주고 들어간 아이도 있었다. 역시 쉽게 생각하는 애도 있겠지.

 하지만 난 저 아이들과는 다르다. 하는 말은 비슷할지 몰라도 자신감 하나는 확실하게 가지고 있다. 지금 당장 친한 친구는 몇 없어도 여기서 좋은 인상을 보인다면 오히려 친구를 사귈 수 있는 계기가 될 것이다. 그렇게 난 자신감에 가득 차서 나의 좋은 인상을 당당하게 보여주었다.

 이럴 수가. 반장이 돼서 이 반을 이끌어 보겠다는 나의 포부는 금방 깨지고 말았다. 반장으로 뽑혀서 반 아이들의 박수를 받을 준비를 하고 있었는데. 내가 반장으로 뽑히지 않았다. 심지어 반장은 다른 사람이 아닌 윤서가 됐다. 윤서는 앞에 나갔을 때 자신이 작년에 반장을 했었다는 얘기를 했다. 윤서는 작년에 6반이었고, 이 반에는 작년에 6반이었던 친구들이 많으니 이미 윤서를 믿는 아이들도 분명 많았을 것이다. 그런데 난 이 부분까지는 미처 예상하지 못했던 거다.

 게다가 난 표가 세 번째로 많아서 부반장도 되지 못했다. 부반장은 아이들에게 웃음을 주었던 남자아이가 되었다. 꼴찌가 아니라는 것에 다행이라는 생각도 했지만 어쨌든 나에겐 이제 이 반을 이끌어 갈 권리가 없다.

난 윤서에게 축하한다고 마음에도 없는 소리를 했다. 그 말은 스스로를 더 비참하게 할 뿐이었다. 작년에 1년 동안 반장을 도맡았던 나에게 이 사실은 날 상실감에 빠트리기에 충분했다.

아, 혹시 아까 구슬이와 있었던 일 때문일까? 새 학기가 시작된 지 이틀 만에 반에서 큰 소리가 났으니. 구슬이와 함께 나를 이상한 애로 낙인찍은 건 아닐까? 그런 생각이 한번 들자, 끝도 없이 구슬이가 원망스러워지기 시작했다. 괜히 친구 되어보겠다고 내가 나대는 바람에 안 들어도 되는 소리까지 듣고.

난 그 뒤로 하루 종일 우울에 빠져 있었다. 왜 오늘따라 일이 이렇게 안 풀리는지. 좋지 않은 일은 왜 한 번에 몰려오는 건지. 난 점심도 안 먹고 불도 켜지지 않은 교실에 혼자 앉아 배우지도 않은 교과서를 뒤적거렸다.

그때였다. 누군가 교실 문을 열고 들어왔다. 조끼 없이 교복 셔츠에 넥타이만 단정하게 맨 어떤 남학생이었다. 우리 반 애는 아닌데. 지나가다 복도에서 몇 번 마주친 것 같기도 하고.

"안녕? 잠시 들어갈게!"

그 남학생은 활기차게 인사를 하고는 우리 반 게시판에 종이를 하나 붙였다.

"이거 보고 관심 있으면 나한테 찾아와! 3학년 2반으로 오면 돼!"

3학년이었구나. 선배네. 그 선배는 그렇게 말하고는 유유히 교실을 나갔다. 난 선배가 나가자마자 게시판으로 가까이 다가가 붙여진 종이를 봤다.

"어?"

연극부 '푸름'

배우/연출 모집 중

연기 경험이 없어도 상관없어요!

하고 싶은 마음만 있다면 3학년 2반 '한이준'을 찾아오세요!

왜 하필 이런 날. 역시 안 좋은 일은 연달아 일어난다. 애써 잊고 지냈던 기억이 다시 되살아났다.

ㅋ.

회원 모집 중

"자, 앞부분에 나오는 시는 수행 평가로 할 거라서 일단 건너뛰고, 뒤쪽에 나오는 〈동백꽃〉부터 배울 거예요."
뭐지, 작년에는 분명 연극부 없었는데. 새로 생겼나? 그럼 어제 교실에 들어온 그 선배가 동아리 만든 건가?
난 어제 연극부 생각으로 계속 잠을 뒤척였다. 그 선배가 포스터를 붙이고 간 뒤에는 다른 선배들까지 들어와서 게시판을 각자의 동아리 홍보 포스터로 도배를 하고 갔다. 그래. 동아리를 정할 때가 왔지. 이제 확실히 중2의 생활이 시작된다는 느낌이 들었다.
사실 나도 내가 왜 수업에 집중 못 하면서까지 겨우

그 홍보 포스터 한 장에 신경 쓰는지 모르겠다. 미련이라도 남았나? 분명 마음 정리 다 했다고 생각했는데.

"다음 페이지는 하늘이가 읽어볼래?"

"아, 네. 느 집엔 이거 없지? 너, 봄 감자가 맛있단다…."

그럴 리가 없어. 그 일을 겪고도 또 하고 싶다고? 근데 왜일까. 지금 선생님이 시킨 대사를 잠깐 읽는 것만으로도 심장이 요동쳤다.

난 뭔가 나사가 하나 빠진듯한 정신으로 수업을 들었다. 흔히 말하는 저 안드로메다에 잠깐 갔다 온 느낌.

국어 수업이 끝나고 교과서 정리를 하고 있는데 교탁에 계시던 국어 선생님이 나에게 고개를 내밀었다.

"하늘아."

"네!"

"너 혹시 연극부 들어오지 않을래?"

"네? 저요?"

갑자기 이게 무슨 소리인가.

"응. 내가 작년부터 느낀 건데 하늘이 너 글 읽는 거 들어보니까 발성도 좋고, 대사도 역할에 맞게 잘 읽는 것 같길래. 혹시 연기해 본 적 있어?"

"아니요. 해본 적 없어요."

난 웃으면서 거짓말을 잘도 했다.

"그래? 연기 잘할 것 같은데! 나 연극부 담당이거든. 생각 있으면 한번 해봐! 3학년 2반에 이준이 찾아가면 돼."

"네, 한번 생각해 볼게요!"

난 끝까지 미소를 유지했다. 그리고 그 미소는 선생님이 교실을 나가자마자 풀렸다. 연극부에 들어오라는 소리를 들을 줄은 몰랐는데. 그것도 내가 가장 좋아하는 국어 선생님께.

생각 정리가 채 되지 않았는데 이번엔 윤서가 나를 불렀다.

"하늘아, 너 동아리 뭐 할 거야?"

"글쎄. 아직 안 정했어. 넌 정했어?"

"나 원래는 수학 동아리에 들어가려고 했는데…."

"근데? 마음이 바뀌었어?"

"응, 나 연극부에 들어가 보려고 해."

"뭐?"

윤서가? 소심해서 애들 눈도 똑바로 못 쳐다보고 말하는 윤서가? 하지만 이렇게 말하면 안 되겠지. 난 침착하게 이유를 물어봤다.

"왜? 연기에 관심 있어서?"

윤서는 또 아래를 쳐다보며 말했다.

"그게, 난 대학 잘 가려면 당연히 공부랑 관련된 동아리에 들어가야 한다고 생각했는데 꼭 그런 것만은 아니더라고. 아직 중학생이라 다양한 경험 해보는 게 더 좋다고 해서…. 근데 댄스부나 밴드부는 나랑 안 맞거든. 그래서 다른 포스터도 보는데 연극부가 있는 거야. 배우는 자신 없고, 연출을 한번 해보려고…."

"와, 그렇구나. 연출도 재미있지! 넌 잘할 거야!"

"하늘이 너 연출에 대해 잘 알아?"

아차.

"아, 아니 연출이면 뭐 배우들을 이끄는 거니까. 윤서 넌 반장이잖아. 당연히 연출도 잘하지 않겠어?"

자연스러웠다. 대화의 주제를 순식간에 윤서에 대한 칭찬으로 바꿨다.

"내가 정말 잘할 수 있을까? 아, 하늘이 너도 같이 할래?"

"어?"

"하늘이 너 아직 동아리 못 정했다고 했으니까. 우리 같이 하자!"

여기서 공감한답시고 섣부르게 '재미있겠다!' 같은 반응을 하면 안 된다. 이럴 때만큼은 확실하게 내 의견을 말해야 한다.

"아, 그게…. 난 좀 더 고민해 보려고."

"그래? 그럼 혹시 3학년 교실에 같이 가줄 수 있어? 나 혼자 가기 좀 무서워서…."

무섭다는 말이 별로 이해는 안 가지만. 뭐, 어려운 일은 아니니까.

"그래! 같이 가줄게!"

우리는 바로 아래층에 있는 3학년 교실로 발걸음을 옮겼다. 그리고 3학년 2반의 문을 열려고 하는 순간, 갑자기 거기서 은솔이가 튀어나왔다.

"뭐야, 유하늘!"

"은솔아! 너 왜 여기서 나와?"

"나 연극부 신청하려고!"

"뭐? 넌 또 왜?"

아니 왜 내 주변에 있는 사람들은 하나같이 연극부를 한다는 거지? 연극부 들어가는 게 유행인가?

"또라니? 누가 또 연극부 들어간대?"

"아, 그게 여기 내 친구가 연극부 할 거래."

"그래? 안녕!"

붙임성이 좋은 은솔이는 금세 윤서에게 인사를 건넸다. 윤서는 학기 첫날 나한테 그랬던 것처럼 수줍게 손을 흔들었다.

"근데 너 왜 갑자기 연극부 하려고?"

"나 원래 연극이랑 뮤지컬에 관심 많았거든. 아, 이거 내 숨겨진 취미였는데 들켜버렸네."

"헐, 네가 말 안 해서 몰랐어."

"주변에 연극 관심 있는 애들이 없길래 일부러 말 안 꺼냈지. 그럼 나 먼저 가볼게!"

은솔이는 종종걸음으로 돌아갔다. 선생님이 나한테 먼저 말 꺼내시기도 했고, 친구들도 다 신청해서 그런가? 왠지 기분이 이상했다. 싱숭생숭하다는 말을 이럴 때 쓰는 것 같다.

"하늘아, 네가 선배 좀 불러줄래? 나 긴장돼서 못 부르겠어."

윤서는 내 손을 꼭 붙잡았다. 아니, 이렇게 소심해서 반장은 어떻게 하고, 연출은 어떻게 하나? 이럴 거면 반장 자리 나한테 넘겨라, 진짜. 가끔은 솔직하게 다 말해 버리고 싶다. 이런 것쯤은 네 알아서 하라고.

"그래! 내가 불러줄게."

하지만 내 이미지라는 게 있으니까.

난 슬쩍 문을 열고 교실을 둘러봤다. 교실을 잠깐 보는 것만으로는 선배가 어디 있는지 잘 보이지 않았다. 그때 다른 선배 한 명이 우리에게 다가왔다.

"왜? 누구 찾아?"

"저, 한이준 선배님 계십니까?"

"야! 한이준! 너 인기 많다!"

순간 우리에게 이목이 집중되었다. 윤서는 내 등 뒤로 몸을 숨겼다. 아니 후배들 데리고 이런 장난 치고 싶나?

"야, 죽을래? 미안해, 애들아."

교실 구석에서 친구와 떠들고 있던 이준 선배가 달려왔다. 앞에서 보니 선배는 키가 엄청 컸다. 자세히 보니 좀 잘생긴 것 같기도?

"안녕하십니까. 저 연극부 신청하러 왔습니다."

"정말? 그러고 보니 너 교실에서 얼굴 본 것 같다!"

선배는 동아리 신청하러 왔다는 얘기를 듣고는 엄청 기뻐했다.

"그게 제가 아니라, 이 친구가 신청하러 왔습니다."

난 뒤에 있는 윤서를 가리켰다. 순간 내가 왜 이걸 대신 말해주고 있지라는 생각이 들었다.

"아, 그래?"

선배는 약간 실망한 듯한 표정을 지었다. 선배 입장에서는 한 명이라도 더 신청받는 게 이득이니까.

"친구 반, 번호, 이름이 뭐야?"

"2학년 1반 23번, 최윤서요."

윤서는 그제야 고개를 내밀며 말했다.

"오케이, 외웠어. 넌 연극부 안 해?"

선배는 다시 나를 보며 물었다. 지금 내가 연극부에 들어오길 바라서 물어보는 것 같은데. 난 진짜 거절하는 게 이 세상에서 제일 힘든 일인 것 같다. 거절하는 나도 미안하고, 상대방은 실망하고. 아무리 예쁜 말로 거절한다 한들 거절은 거절이다.

"전 딱히 생각 안 해봤습니다…."

그래도 이런 건 솔직하게 말해야 한다. 잠깐, 나 지금 솔직한 건가?

"하늘아, 너도 같이 하자."

옆에서 윤서가 내 팔을 콕 찌르며 말했다. 얘까지 왜 이러는 거지.

"어? 네가 하늘이야? 유하늘?"

뭐야, 선배가 내 이름을 어떻게 알지? 난 깜짝 놀라 선배를 처다보았다.

"저 아십니까?"

"아까 은하 쌤 왔다 가셨거든. 네 얘기 하면서 신청하면 무조건 받으라고 하셨어. 연기 잘할 거라고."

이럴 수가. 국어 선생님이 선배한테까지 내 얘기를 했을 거라고는 상상도 못 했다. 솔직히 내 칭찬한 거니까 기분은 좋긴 한데. 아, 어쩌면 좋지?

"왜? 연기하는 거 싫어?"

"싫은 건 아닌데…."

선배는 잠시 고민하는 듯하더니 나한테 말했다.

"그럼 이건 어때? 너한테 차장 자리를 줄게."

이 정도면 오늘 내 주변 사람들이 다 나 놀라게 하려고 뭔가를 계획한 게 아닐까?

"네? 왜 저한테…."

"친구 대신 신청해 주러 온 거 보니까 리더십도 있을 것 같고, 잘 웃는 거 보니 성격도 밝은 것 같아서. 안 그래도 차장 자리가 비어 있어서 고민하고 있었거든."

선배는 1초의 망설임도 없이 말했다. 이 선배 지금 진심인 건가? 표정 보니까 농담인 것 같지는 않은데.

"너 혹시 반장이야? 아님 학생회?"

"둘 다 아닙니다."

"잘됐네. 반장이나 학생흰데 차장까지 하면 할 일이 많으니까 힘들잖아. 난 부장이긴 해도 3학년이라 좀 바쁘거든. 그래서 도와줄 차장이 꼭 필요해."

순간 마음에 세워져 있던 단단한 벽이 훅 흔들렸다. 안 그래도 반장 안 돼서 속상해했는데 아무것도 안 한 나한테 그냥 차장 자리를 준다고? 진짜? 연극부인 게 좀 마음에 걸리긴 하지만…. 그래도 어떻게 보면 결국 선배가 나한테 좋은 기회 주신 건데.

"어때? 해볼래?"

"네! 한번 해보겠습니다!"

선배는 내 대답을 듣고는 환하게 웃었다. 나도 웃음으로 보답했다.

"좋아! 네 이름도 적어둘게. 너도 1반이지? 번호만 알려줘."

"16번입니다."

"그래! 그럼 첫 동아리 시간에 보자."

"감사합니다!"

선배는 손을 한 번 흔들고는 문을 닫았다. 윤서도 내

가 같은 동아리가 돼서 기쁘다며 엄청 좋아했다.

그래, 한번 해보자. 내가 잘하면 돼. 그때는 내가 어렸으니까. 이제는 잘 이겨낼 수 있을지도 몰라. 이건 겨우 학교 동아리잖아. 어렵게 생각할 것 없어. 똑같은 실수만 반복하지 않으면 돼. 난 할 수 있어.

4.

각자의 사정

"이구슬입니다."

아니, 진짜 이게 말이 되나?

"연기 관심 있어서 들어왔어요."

짝짝짝-

도대체 얘가 왜 여기 있는 건지 이해는 안 갔지만 다른 아이들 모두가 박수를 쳐서 나도 어쩔 수 없이 따라 박수를 쳤다. 물론 표정 관리는 잘 안돼서 자꾸만 얼굴이 일그러졌다.

오늘은 연극부 첫 모임 날이다. 그리고 우리는 지금 동그랗게 모여 앉아 한 사람씩 돌아가면서 자기소개를 하고 있다. 연극부 부원은 총 6명. 아윤이라는 1학년 여자애 한 명, 방금 자기소개를 한 구슬이를 포함해 나, 은솔이, 윤서까지 2학년 총 4명, 그리고 3학년 이준 선배 한 명. 모아놓고 보니 남학생은 이준 선배 한 명뿐이었다.

"마지막으로 우리 연극부 부장이 한마디 해볼까?"

은하 선생님 말에 이준 선배가 손에 들고 있던 초코 우유를 한 입 들이키더니 자리에서 일어났다.

"안녕! 연극부 부장 한이준이야. 많은 학생들이 우리 연극부에 와줘서 너무 기쁘고 감사해. 앞으로 1년 동안 힘을 합쳐 멋진 작품 만들면 좋겠어."

선배는 한마디 한마디 힘차게 내뱉었다. 우리는 또다시 박수를 쳤다. 확실히 선배에게서는 리더의 자질이 느껴졌다.

"연습은 금요일 동아리 시간마다 할 예정이야. 필요하다면 시험 기간을 제외하고 주말에도 모일 건데, 시간을 너무 많이 뺏지는 않을 거니까 걱정은 안 해도 돼."

순간 주말에도 모인다는 말에 아이들의 표정이 살짝 안 좋아졌다. 특히 옆에 앉은 윤서의 표정이 가장 적나라했다. 애는 주말에도 늦게까지 공부를 하겠지. 난 어차피 주말이라고 공부를 많이 하는 것도 아니고, 주말 연습은 나에게는 워낙 익숙한 일이라 딱히 상관은 없었지만.

"우리 연극부의 최종 목표는 한 작품을 연습해 12월 학교 축제 때 무대에 서는 거야. 그리고 우리가 할 작품은 내가 임의로 정해 왔어."

이준 선배는 의자 옆에 놓인 종이 가방을 들어 그 안에 있는 종이를 우리에게 한 장씩 나눠주기 시작했다.

〈우리들의 이야기〉

"제목은 〈우리들의 이야기〉야. 각자의 고민을 가진 학생들이 학교에서 만든 고민 상담소에 모여 고민을 해결해 가는 과정을 보여주는 이야기인데 내가 생각한 창작 작품이라 일단 전체적인 내용은 이렇고, 세부적인 내용은 너희들이랑 함께 만들어 갈 예정이야."

이준 선배의 말을 듣는 아이들의 표정이 한순간에 진지해졌다. 선배가 집중이 잘되도록 말을 하는 것도 있었지만 이제 본격적으로 연극을 시작하는구나, 라고 아이들 모두가 느꼈던 것 같다.

"오늘은 동아리 첫날이니까 간단하게 대본을 쓰기 위한 너희들의 의견을 듣고자 해. 여기 있는 모두가 고민 한가지씩은 가지고 있을 거야. 지금 너희들이 가지고 있는 고민이 뭔지 한 사람씩 돌아가면서 이야기 나눠보자."

고민이라고? 내가 가지고 있는 고민은 뭐지? 난 성적도 나름 괜찮고, 친구들과의 관계도 좋고, 선생님들께 사랑도 받고 있고, 엄마랑 아빠랑도 딱히 큰 문제는 없는데….

"그럼 나부터 이야기할게. 나는 배우가 꿈이라 배우가 되기 위한 준비를 하고 있어. 그래서 연기를 보다 전문적으로 배울 수 있는 고등학교에 가고 싶은데 합격할 수 있을지 고민이야."

역시, 선배는 배우가 꿈이었구나. 그래서 다양한 경험 쌓으려고 연극부도 만들었던 거겠지. 꿈을 향해 나아간다는 건 진짜 멋진 일인 것 같다.

"저는 친구들이랑 계속 놀러 다니고 싶은데 중학생 되고 학원 가는 시간이 늘어나서 힘들어요!"

진짜 1학년다운 귀여운 고민이다. 나도 모르게 미소가 흘러나왔다. 아윤이는 나랑 겨우 한 살 차이밖에 나지 않는데 나보다 한참 어린 것 같다는 생각이 든다. 아윤이가 특히 키가 작아서 더 그렇게 느껴지는 걸까?

"저는 요즘 살이 쪄서 다이어트를 하고 있는데 아무리 운동해도 살이 안 빠져서 고민이에요."

"운동하는 만큼 많이 먹는 거 아니야?"

"아, 선배! 그렇게 팩트를 날리시면…."

아이들 모두가 은솔이와 선배의 대화에 웃었다. 솔직히 은솔이는 지금이 딱 보기 좋은데 뭐가 자꾸 살이 쪘다고 하는 건지 모르겠다. 그리고 옆에서 지켜본 결과, 은솔이는 선배의 말처럼 운동하는 시간보다 먹는 시간이 더 많다. 진짜 다이어트를 하고 싶으면 노력을 해야지. 뭐, 나는 살이 안 찌는 체질이라 다이어트를 해본 적은 없지만.

"저는 머리가 나빠서 성적이 잘 안 나올까 봐 고민이에요…."

내가 그렇게 말할 줄 알았다. 윤서는 진짜 머릿속에 공부밖에 안 들어 있는 것 같다. 게다가 머리 나쁘다고 자기 비하까지 하다니. 다른 사람 다 있는데 그렇게 자기를 깎아내리고 싶을까? 옆에서 듣는 내가 다 힘이 빠진다.

"다음은 하늘이!"

"아, 저는…."

뭐라고 말해야 하지? 이 나이대의 아이가 가질 수 있는 고민은….

"저는 아직 꿈이 없어서 고민입니다."

"야, 너 잘하는 거 많잖아! 뭐가 고민이야!"

은솔이가 내 어깨를 툭 치며 말했다.

"오, 그래? 하늘이가 잘하는 게 많아?"

"네! 얘 그림도 잘 그리고 글도 잘 쓰고 성적도 좋아요."

은솔이는 옆에서 한껏 나를 띄워주었다. 난 아니라며 은솔이의 입을 막았다. 그래도 확실히 기분은 좋았다. 그리고 무엇보다 은솔이의 말이 틀린 건 없었다. 난 어릴 때부터 다재다능하다는 이야기를 많이 들어왔으니까. 하지만 그걸 내 입으로 말할 수는 없지. 난 그저 겸손한 척만 하면 된다. 그럼 주변에서 알아서 다 칭찬해 준다.

"아직은 꿈 없어도 괜찮아. 다양한 걸 하다 보면 꿈이 생길 거야. 그럼 마지막으로 구슬이!"

난 숨을 죽이고 구슬이를 쳐다보았다. 저 인성 파탄 난 애 입에서 무슨 고민이 튀어나올지 궁금했다.

"전 고민이 있지만 여기서 말하지는 않을 거예요."

허, 참. 아니 쟤는 뭐가 저렇게 당당해? 고민이 없는 것도 아니고, 있는데 말은 안 하겠다?

순간 분위기가 싸해졌다. 아이들은 서로 눈만 굴릴 뿐이었다.

"그래, 고민을 말하기가 어려울 수도 있지. 오늘은 여기까지 하고 남은 시간은 쉬는 걸로 하자! 내가 다음 주에는 오늘 이야기 나눈 걸 토대로 대본을 써 올게."

선배는 선배다. 이 상황을 저렇게 자연스럽게 넘긴다고? 진짜 엄청난 아량이라고밖에 느껴지지 않는다.

우리는 남은 시간 동안 서로 이야기를 나누며 친해지는 시간을 가졌다. 아윤이는 정말 밝고 똑 부러진 아이라 쉽게 친해질 수 있었다. 그리고 은솔이와 윤서도 친해졌다. 이준 선배는 오늘 우리가 말한 고민들을 노트에 정리했고, 구슬이는 역시나 혼자 떨어져서 가만히 앉아 있었다. 도대체 무슨 생각을 하는 건지 알 수가 없다.

종이 치고, 아이들이 우르르 동아리실을 빠져나갔다. 난 화장실 간 윤서랑 은솔이를 기다리려고 잠시 의자에 앉아 있었다. 그때 이준 선배가 나한테 말을 걸었다.

"하늘아!"

"네, 선배님!"

"오늘 어땠어? 괜찮았어?"

괜찮았다는 게 무슨 의미지? 재미있었냐고 묻는 건가?

"네, 오랜만이라 긴장되기는 했는데 재미있었습니다."

잠깐만! 나 지금 '오랜만'이라고 한 거야? 어떡해, 생각 없이 말을 해버렸어! 이준 선배가 연기해 봤냐고 물어보면 어떡하지?

"그래, 다행이네."

선배는 아무렇지 않게 얕은 미소를 지었다. 휴, 물어보지 않아서 다행이다.

"아까 너희들이 말한 고민을 다 정리했어. 생각보다 다양한 고민을 말해줘서 대본 쓰는 데 도움이 될 것 같아."

"선배님 대본 써보신 적 있으십니까?"

"아니, 나도 직접 쓰는 건 이번이 처음이야."

"너무 기대됩니다!"

"에이, 너무 기대는 하지 마. 그래도 한번 열심히 써 볼게."

"네! 수고하셨습니다!"

"너도 수고했어."

난 선배에게 허리를 숙여 인사하고 자리에 앉았다. 선배는 가볍게 손을 흔들고는 동아리실 앞문으로 갔다.

긴장이 풀렸는지 저절로 한숨이 새어 나왔다. 그런데 선배가 나가지 않고 다시 나를 불렀다.

"그리고 하늘아."

"네, 선배님!"

난 다시 자리에서 벌떡 일어났다.

"그렇게 딱딱하게 말 안 해도 돼. 네가 그렇게 하는 게 편하다면 상관없지만 난 네가 날 더 편하게 대했으면 좋겠어."

이준 선배는 웃으며 그렇게 말하고는 이번에는 진짜 교실을 나갔다.

왠지 얼굴이 화끈거렸다. 순간 당황해서 제대로 대답도 못 했어. 내가 너무 몸에 힘을 주고 있었나? 그게 선배한테는 다 보였던 걸까? 하지만 난 이렇게 하라고 배웠으니까 이게 당연하다고 생각했는데….

난 친구들이 돌아올 때까지 한참을 의자에 앉아 있었다.

"엄마, 나 있잖아…."

"왜? 무슨 일 있어?"

엄마는 진짜 눈치가 백 단이다. 아무 말도 안 했는데

무슨 일이 있는지 물어보다니.

"나 말 안 한 게 있는데…."

"뭔데. 말해봐."

"나 연극부 들어갔어."

"뭐?"

엄마는 반찬을 집던 젓가락질을 멈추고는 얼굴을 찌푸리며 나를 쳐다보았다. 사실 머릿속에서는 이미 백만 번째 곱씹은 말이었다. 하도 곱씹다 못해 녹아내릴 정도로. 그러다 충동적으로 내뱉어 버린 거다.

"학교 동아리 말하는 거야?"

"응."

"왜? 넌 연기 그만뒀잖아."

"그냥, 친구들도 다 들어가고, 나한테 들어오라고 추천도 해주길래."

난 엄마와 눈을 맞추지 않고 말했다. 내가 딱히 잘못한 것은 없었지만 차마 엄마를 쳐다볼 자신이 없었다.

"누가 너한테 추천해 줬는데?"

"선생님이랑 3학년 선배가…. 나한테 동아리 차장도 시켜준다고 해서…."

난 말끝을 흐렸다. 내 시선은 오직 밥 위에 앉아 있는 계란말이 한 조각에 머물러 있었다.

"아니, 그렇다고 그걸 덥석 하겠다고 했어?"

"나도 고민 많이 했어. 처음엔 안 하겠다고 거절도 했고."

"그럼 끝까지 안 하겠다고 해야지, 왜 들어갔어?"

난 잠시 고민하다 말했다.

"하고 싶어서…."

그래. 친구들이 동아리에 들어갔든, 선생님이랑 선배가 나보고 들어오라고 했든, 그건 중요한 게 아니었다. 그냥 내가 하고 싶었던 거다.

"그게 무슨 말이야? 너 그때 그 일을 겪고도 연기를 하고 싶어?"

엄마는 황당해하며 말했다.

"지금은 내가 컸으니까. 실수 안 할 수도 있잖아."

"그게 문제야? 아니, 다른 평범한 동아리도 많았을 거 아니야. 너 혹시 2학년 되더니 공부가 잘 안돼? 그래서 그런 거야?"

"2학년 된 지 2주밖에 안 됐는데 공부가 잘되는지 안 되는지 어떻게 말해."

"그러니까. 갑자기 무슨 바람이 불어서 연기한다고

하는 거냐고. 그냥 작년처럼 평범하게 토론 동아리에 들어가든지, 아니면 다른 실용적인 동아리에 들어가든지 했어야지. 지금 동아리 못 바꿔?"

엄마는 이제 아예 젓가락을 식탁에 내려놓고 말했다.

"못 바꾸지. 이미 오늘 첫 동아리 활동했어. 그리고 바꿀 수 있다고 해도 안 바꿀 거야."

난 타이밍을 보다 겨우 계란말이 하나를 입에 욱여넣었다.

"자꾸 고집부릴래? 엄마는 반대야. 너 또 예전처럼 징징거릴 거면 그만둬."

"안 그런다고."

슬슬 뭔가 내 안에서 올라오는 느낌이 들었다. 난 얼른 씹고 있던 계란말이를 삼켰다.

"그리고 난 그 꼴 또 못 본다. 또 엄마 창피하게 만들 거면…."

"아니, 내가 언제 엄마 창피하게 했는데!"

아, 참지 못했다.

"야, 어디서 소리 질러."

"내가 뭘 그렇게 엄마를 창피하게 했냐고!"

울컥. 무언가가 올라오던 느낌은 눈물이었나. 눈물이

뱃속부터 올라왔다.

"그럼 네가 잘했다는 거야? 힘든 거 버텨가면서 한 결과가 고작 그거였냐고."

"나 들어갈 거야."

쾅-

난 방문을 잠그고 문 앞에 몸을 기대앉았다. 밥 겨우 세 숟가락 먹었는데. 엉망진창이 된 저녁 식사가 내 온속을 뒤틀어 놓았다. 괜히 말한 걸까. 동아리 하는 1년 동안 비밀로 했었어야 했나. 엄마는 어떻게 저렇게 아픈 말만 골라서 할까.

엄마는 아직도 모른다. 내가 결국은 엄마 때문에 연기를 그만뒀다는 걸.

5.

누구에게도 말하지 않은

난 초등학교 6학년 때, 연기를 배울 수 있는 극단에 들어갔다. 초등학교 5학년부터 중학교 3학년까지의 학생들을 대상으로 하는 청소년 극단이었는데 우리 지역에 딱 하나밖에 없는 극단이라 나름 유명했었다.

6학년 생활을 한 지 일주일쯤 됐을 무렵, 극단에서 학생들을 모집하고 있다는 공고문을 아파트 게시판에서 보게 되었고, 난 그 공고문에서 무언가 운명적인 만남을 느꼈다. 살면서 연기라고는 엄마가 보는 주말 드라마에서만 접한 나에게 연극이란 건 신선하게 다가왔다. 난 그날 집에 가자마자 엄마에게 연기를 해보고 싶다고 졸랐다. 엄마는 아직 어리니 다양한 경험을 해보는 것도 나쁘지 않겠다며 흔쾌히 신청서 작성하는 걸 도와주셨고, 아빠는 워낙 무뚝뚝한 성격이라 아무 말도 하지 않으셨지만 난 그걸 동의의 뜻으로 받아들였다.

신청 인원이 많지 않았던 건지 난 따로 오디션 같은 걸 보지 않고 바로 극단에 들어가게 되었다. 그렇게 기대했던 극단 생활이 나에게 많은 변화를 줄지는 그때는 미처 알지 못했다.

내가 있던 극단은 선생님 두 분과 학생 11명으로 이루어져 있었다. 다양한 학년이 골고루 있었는데, 그중 6학년은 나 혼자뿐이었다. 처음에는 크게 개의치 않았다. 아파트 놀이터에서 처음 보는 친구들이랑 수다를 떠는 것처럼 여기서도 얼마든지 서로 잘 어울릴 수 있다고 생각했으니까.

정말 생각한 그대로였다. 언니, 오빠들에게는 선배라는 호칭을 붙이며 존댓말을 써야 했지만 금방 익숙해졌고, 한 살 어린 동생들이랑도 금방 친해졌다.

문제는 극단 생활을 한 지 한 달이 지났을 때 일어났다.

우린 인쇄된 지 얼마 되지 않은 따끈따끈한 대본을 가지고 연습을 진행했다. 우리가 무대에 올릴 작품은

셰익스피어의 〈한여름 밤의 꿈〉. 물론 아직 어렸던 우리가 하기에는 어려운 작품이라 학생들 수준에 맞게 많이 각색을 했다. 난 작품에서 요정 1 역할을 맡았다. 대사는 거의 없고, 몸으로 표현하는 장면들이 많았는데 나름 다른 요정들과 함께 등장했을 때 동선을 이끌어 가야 해서 중요한 역할이었다고 볼 수 있다.

그날도 2시간 넘게 연습하고 잠시 쉬는 시간을 가졌다. 난 잠시 쉬는 동안 어제 보지 못했던 만화를 봐야겠다고 생각해 핸드폰을 꺼내 들었다. 한참 재밌게 만화를 보고 있는데 중학교 3학년 여자 선배가 나한테 말을 걸었다.

"하늘아, 지금 뭐 봐?"

"만화 보고 있어요."

"만화 보고 있습니다, 라고 해야지."

"아, 만화 보고 있습니다."

"재밌어?"

"네! 재미있습니다!"

"좋겠다. 나도 대본 말고 만화 보고 싶다."

"검색하면 나옵니다!"

"그래, 하늘이는 여유로운가 보네. 재미있게 봐."

선배는 나를 향해 방긋 웃었다. 나도 선배를 보며 웃었다. 그리고 난 그날 이후로 극단에서 혼자가 되었다.

처음에는 그냥 내가 예민한 거라고 생각했다.
"하늘아, 앞으로 화장실 청소는 네가 하는 걸로 하자."
"네? 원래 가위바위보로 정했는데…."
"우리끼리 얘기를 좀 해봤는데 청소할 때마다 가위바위보 하는 것도 귀찮고, 역시 아예 당번을 정하는 게 좋겠다 싶어서. 근데 중학생들은 오자마자 무대 체크하느라 바쁘고, 그렇다고 5학년 애들한테 화장실 청소를 시킬 수는 없으니까."

'우리끼리.' 우리끼리는 누구를 묶어서 하는 이야기일까? 왜 난 '우리'에 끼지 못하는 거지? 그래도 이해하고 넘어갔다. 그래, 선배님들도 어차피 무대 청소는 하시니까. 공평한 거야.

"하늘아, 오늘 화장실 바닥에 거품 그대로 있던데?"
"그러게. 나중에 쉬는 시간에 만화 보지 말고 바닥 한 번 더 헹궈."

우리는 여름 방학 기간에 맞추어 공연을 할 계획이었고, 평일에는 학교가 마친 후에, 주말에는 아침부터 저

녁까지 매일매일 모였다. 그리고 난 화장실이 깨끗하든, 깨끗하지 않든 매일매일 청소를 해야 했다.

하루는 몸살기가 있어 열도 나고, 컨디션도 안 좋은 날이었다.
"얘들아, 선생님이 우리 먹으라고 수박 사주셨어!"
"대박, 맛있겠다! 선생님 최고!"
"하늘아, 표정이 왜 그래? 수박 싫어해?"
"아닙니다, 그게 오늘은 입맛이 없어서…."
"그래도 먹어. 선생님이 우리 생각해서 사주신 건데 먹는 게 예의지 않을까?"
"네, 알겠습니다."
난 먹기 싫은 수박을 억지로 두 조각 먹었다. 먹고 의자에 앉아 쉬려는데 그 3학년 선배가 또 나를 불렀다.
"하늘아, 벌써 다 먹은 거야? 아직 많이 남았는데?"
"배불러서 더 안 먹어도 괜찮을 것 같습니다."
그 순간, 선배의 표정이 차갑게 바뀌었다.
"아니, 우리도 배부른데 먹는 거야. 안 그래, 얘들아?"
"그래, 하늘아. 음식 남기는 건 안 되잖아. 너 또 만화 보려고 그래?"

"우리가 음식물 처리반도 아닌데 누구는 적게 먹고 누구는 많이 먹으면 안 되지 않을까?"

"선배, 빨리 와서 먹어요!"

다 나를 쳐다보고 있었다. 먹지 않으면 안 될 분위기였다. 난 억지로 5조각을 더 먹었고, 집에 가서 모조리 다 게워 냈다.

"괜찮아? 뭘 잘못 먹은 거야, 대체!"

"엄마, 나 연극 그만두면 안 돼?"

다시 생각해 보면 난 선배가 대본 말고 만화를 보고 싶다고 했을 때 눈치껏 보던 핸드폰을 내려놨어야 했다. 선배의 말의 의미는 쉬는 시간이어도 다른 사람들은 다 대본 보는데 왜 너만 핸드폰 봐? 였던 것 같다. 하지만 난 정말 그 숨겨진 뜻을 몰랐었다. 차라리 그냥 나한테 핸드폰 보지 말라고 말해주지. 그러면 안 봤을 텐데. 선배는 눈치가 없는 내가 싫었던 모양이다. 어쩌면 처음 봤을 때부터 그냥 나라는 존재가 마음에 안 들었던 게 아닐까? 그래서 '애 뭐 하나 걸리기만 해봐라.'라고 생각했던 게 아닐까? 그럼 나는 왜 다른 사람들까지 나를 무시하고 있다는 느낌이 드는 걸까?

"뭐? 갑자기 왜 그만둬?"

"나 너무 힘들어. 화장실 청소 매일 하는 것도 힘들고, 먹기 싫은 음식 억지로 먹는 것도 힘들어."

"그게 무슨 말이야?"

난 서럽게 울면서 그동안 있었던 일을 엄마한테 이야기했다. 침착하게 내 이야기를 다 들은 엄마는 내게 이렇게 말했다.

"하늘아, 네가 아직 어려서 그래. 내가 보기엔 오히려 선배가 너 챙겨준 것 같은데? 수박 먹으라고 했다며. 그리고 화장실 청소는 집에서 네가 안 하니까 그런 곳에서라도 해 봐야지."

엄마의 말은 들은 순간 나는 '그런가?'라고 생각했다.

"그리고 무엇보다 네가 하기로 했으면 끝까지 책임을 져야지. 지금 네가 극단에서 나가면 연극 공연은 어떻게 되겠어? 이미 배역도 다 정해지고 연습도 하고 있다며. 너 지금 나가면 사람들한테 폐 끼치는 거야."

"나 폐 끼치기 싫어."

"그래, 그러니까 잘 한번 해봐. 선배들 말 잘 듣고. 엄마는 공연 기대하고 있을게, 알았지?"

"응! 알았어, 엄마."

그래, 이건 다 내 잘못이야. 내가 선배의 말뜻을 이해하지 못해서 일어난 일이니까 앞으로 잘하면 돼.

 난 그 뒤로 눈치껏 행동하는 법을 배웠다. 연극 연습할 때 빼고는 나한테 먼저 말을 걸어주는 사람은 없었지만 똑같은 실수를 저지르지 않았다. 청소를 깨끗이 하는 건 물론, 쉬는 시간에도 대본을 봤고, 간식 먹을 때도 선배님들이 배불러 하는 것 같으면 남은 건 다 내가 먹었다. 내가 잘 행동해서일까? 선배님들도 날 좀 더 부드럽게 대해주시는 것 같았다. 그렇게 나도 극단 분위기에 잘 적응해 가던 어느 날, 또 하나의 일이 생기고 말았다.

 공연이 얼마 남지 않았을 무렵, 엄마가 아이스크림을 사 들고 연습실에 왔다.

 "선생님, 애들 더운데 이거 먹고 연습하세요."

 "어머니! 이런 거 안 사 오셔도 되는데. 잘 먹을게요."

 "우리 하늘이는 잘하나요?"

 "네, 어머니. 하늘이 열심히 공연 준비하고 있어요."

 "다행이네요. 하늘이가 처음에는 화장실 청소도 하고, 간식 먹는 것도 힘들다며 떼를 썼는데, 이제 잘 적응했나 보네요."

 "아, 그랬군요. 아직 어리니까요. 청소는 돌아가면서

하고 있어요."

"네? 하늘이는 화장실 청소 자기가 다 한다고 말했는데…."

"네? 그게 무슨…."

순간 연습실의 공기가 얼어붙었다. 선생님은 우리를 쳐다봤고, 선배들과 동생들은 나를 쳐다봤다.

"하늘이한테 화장실 청소 계속 시켰다는 게 사실이야?"

"그게 아니라, 중학생들은 연습 오면 무대 세팅한다고 바쁘지 않습니까? 하늘인 쉬는 시간에 만화도 보고, 제일 하는 일이 없어 보이길래 시킨 겁니다."

"그럼 나한테는 얘길 했었어야지, 내가 선생님인데. 안 되겠다. 지금까지 하늘이가 제일 힘든 청소 다 했으니까 앞으로는 하늘이 빼고 청소해."

"네? 선생님, 하지만 저희는 원래 무대 청소도 하지 않습니까?"

"무대 별로 안 커서 청소하기 쉽잖아. 시키는 대로 해."

그날 이후로 선배들은 물론, 동생들까지 나를 노골적으로 피하기 시작했다. 이제는 내가 예민해서 그렇게 느끼는 게 아니다 싶을 정도로. 가끔은 이런 얘기도 들었다.

"그러니까 하늘이 너는 무대 뒤에서 이 소품 들고…. 아, 아니다. 그럼 너 힘들겠지? 또 엄마한테 이르면 안 되니까. 됐다. 우리가 할게."

또 '우리'. 난 이번에도 '우리'에 속하지 못했다. 동생들도 나를 무시했지만, 선배들이 나를 무시하는 정도는 점점 도를 넘기 시작했다. 연습 시간을 나한테만 잘못 알려주고는 왜 제시간에 안 왔냐고 화를 내기도 했고, 연습하다 조금만 실수하면 아예 그날 연습에서 나를 빼기도 했다. 그럴수록 난 더 눈치를 보기 시작했다.

그리고 진짜 문제는 공연 하루 전날에 터졌다.

"하늘아, 여기 네 동선이 바뀌었어."

"네? 내일이 공연인데…."

"너 자꾸 말끝 흐리고 말 제대로 안 할래?"

"죄송합니다…."

"그리고 내가 분명 저번 주에 단톡방에 바뀐 동선 미리 공지했을 텐데?"

단톡방? 단톡방에서 대화 안 한 지 좀 됐는데? 다른 단톡방이 있나?

"저는 받은 게 없습니다."

"네가 확인을 못 한 거겠지. 아무튼 동선 바뀌었으니까 내일 공연 전까지 숙지해 와. 리허설 때 맞춰볼 거니까."

"네, 알겠습니다."

난 새벽까지 바뀐 동선을 연습했다. 그리고 드디어 공연 날이 되었다.

"자, 얘들아. 그동안 연습한 거 오늘 다 쏟아붓자! 하나, 둘, 셋 하면 파이팅 하는 거야! 하나, 둘, 셋!"

"파이팅!"

요정들이 나와 춤을 추는 첫 장면. 첫 장면은 무사히 넘겼다. 그리고 다음 장면에서는 바뀐 동선을 보여줄 차례였다. 그런데, 내가 너무 긴장을 하고 말았다. 무대 위에 나가자마자 머릿속이 새하얗게 변했다. 나를 바라보는 관객들의 눈이 하나하나 너무나 선명하게 보였고, 다 내가 실수하면 달려들 것 같은 느낌이 들었다. 심장이 두근거리고, 몸이 경직됐다. 다른 요정들이 각자의 동선대로 움직이는 그때, 난 그대로 무대 한가운데에 서서 멈춰버렸다. 사람들이 서로를 쳐다보며 웅성거리는 소리가 들렸다.

난 조명이 암전되고, 배경 음악이 켜진 그제야 정신을 차리고 퇴장했다. 무슨 정신으로 공연을 마쳤는지 모르겠다. 그 뒤로 실수한 건 없었지만 그게 한 번이든 두 번이든 어쨌든 난 실수를 한 거다.

공연이 끝나자마자 우리는 모두 대기실에 모였다. 난 선배님들께 혼날 준비를 하고 있었다. 이건 그냥 넘어갈 수 없겠지. 그런데 선배님들은 날 혼내지 않았다. 나만 빼고 모두가 서로 수고했다는 말을 전했고, 뒤풀이를 하러 가자는 얘기가 나왔다. 그때 3학년 선배가 나 보고 말했다.

"하늘이 넌 바로 집에 갈 거지? 들어가!"

심장이 떨어지는 듯한 느낌이 들었다. 철저한 무시. 아, 난 없는 사람이구나. 이건 단지 실수를 했기 때문만은 아닐 거야. 내가 그냥 여기에 같이 어울릴 수 없는 거였어.

여기서 모든 일이 끝났으면 어땠을까. 하지만 신도 무심하시지. 엄마가 결정타를 날렸다.

공연이 끝나고 집에 돌아와서 바로 침대에 드러누웠다. 잠을 자고 싶었지만 잠이 오지 않았다. 그때 엄마랑 아빠가 거실에서 대화하는 소리가 들렸다.

"아니, 난 잔뜩 기대하고 친구들까지 다 데리고 갔는데 이게 뭐냐고. 쪽팔리게 진짜. 애가 가만히 무대에 서 있는데 옆에서는 저기 서 있는 애 네 딸 아니냐고 막 그러고, 내가 얼굴을 들 수가 없었어."

"됐어. 이미 지나간 일이잖아. 난 일 때문에 보러 가지도 못했고."

"당신이 안 와서 천만다행이야. 당신까지 왔으면 두 배로 쪽팔렸을 거라고."

"그러게 왜 연기 같은 걸 시켜? 쟤가 무슨 그런 재능이 있다고."

"내가 이럴 줄 알았나, 뭐. 에휴, 보니까 분량도 거의 없던데 그걸 틀리고."

"앞으로는 그냥 공부만 시켜, 공부만."

엄마는 그 뒤로도 나에 대한 무수히 많은 부정적인 말들을 아빠한테 쏟아냈다. 그동안 극단에 낸 회비도 아깝고, 앞으로는 절대 연기 같은 거 시키지 않을 거라고. 그리고 그중에 내 귀에 들어온 건 단 한마디뿐이었다.

'쪽팔리게 진짜.'

공연이 끝나고 집에 돌아오는 길에 엄마는 나에게 단 한마디도 하지 않았다. 엄마가 많이 실망했을 거라고 생각하긴 했지만 저렇게까지 생각한 줄은 몰랐다. 너무 속상했고, 너무 후회됐다. 내가 조금만 더 눈치가 빨랐더라면, 엄마에게 극단 생활이 힘들다고 말하지 않았더라면, 내가 무대에서 실수하지만 않았더라면. 난 그 죄책감을 견디지 못하고 극단을 나왔다.

극단에서도 그랬듯이 난 이제 누구에게도 사랑받지 못할 거라는 생각이 머리를 점령했다. 그리고 다짐했다.

내가 바뀌어야 해. 앞으로는 절대 같은 실수 반복하지 않을 거야. 눈치껏 행동할 거야. 남들이 원하는 대로 행동할 거야. 그래야, 사랑받을 수 있어.

6.

잘 해내고 싶어

 엄마랑 싸우고 일주일이 지났다. 그날 이후로 엄마랑은 냉랭하게 서로 한마디도 안 하다가 엄마가 먼저 같이 장 보러 가자고 해서 자연스럽게 풀렸다. 엄마도 일단을 지켜보기로 하신 것 같았다. 그래서 나도 굳이 먼저 연극부 얘기는 꺼내지 않았다. 물론 엄마랑 화해했다고 해서 내 기분까지 풀린 건 아니었다. 엄마가 무심코 던진 말에 상처받았으니까.

 난 일주일 동안 엄마가 나에게 했던 말을 곱씹고, 또 곱씹었다. 힘든 거 버텨가면서 한 결과가 고작 그거였냐는 말. 어쩌면 아예 틀린 말은 아닐지도 모른다. 나도 더 노력하지 못했던 나를 원망하고 또 원망했으니까.

엄마의 말을 계속 떠올려서였을까. 계속 기분이 좋지 않았다. 솔직히 기분이 풀릴 때까지 아무도 만나고 싶지 않았지만 그럼에도 학교는 가야 했다. 그리고 친구들에게, 선생님들에게 웃음을 보여주어야 했다.

"하늘아!"

이준 선배였다. 윤서가 학원 숙제 한다고 급식을 안 먹어서 혼자 급식을 먹고 돌아가는 길에 반대편에서 오던 선배랑 마주쳤다.

"선배!"

"안녕? 밥 먹었어?"

"네! 좀 전에 먹었습니…. 아니 먹었어요."

난 이준 선배가 나한테 편하게 말하라고 한 뒤로 최대한 의식해서 편하게 말해 보려고 애썼다. 아직까지는 어색했지만 계속 이야기 나누다 보면 나도 더 편하게 얘기할 수 있겠지?

"선배는 점심 드셨어요?"

"아니, 난 당분간 점심 안 먹으려고."

"네? 왜요?"

"나 다음 주에 학원에서 연기 모의고사 보거든. 체중

조절해야 해."

그러고 보니 일주일 사이에 선배 얼굴이 핼쑥해진 것 같았다.

"와, 연기하려면 신경 써야 할 게 많네요."

"아무래도 그렇지. 맞다. 안 그래도 내일 동아리 때문에 너한테 얘기할 거 있었는데 잠깐 앉을래?"

"네!"

이준 선배와 나는 학교 뒤뜰에 있는 벤치에 앉았다. 벤치 앞에는 작은 정원이 하나 있는데, 거기엔 이름 모를 꽃들이 가득 심어져 있었다.

"마침 지금 은하 선생님께 다녀오는 길이야. 내일 애들한테 나눠줄 거라 복사했는데 너한테는 미리 하나 줄게."

선배는 스테이플러로 고정된 종이 한 묶음을 나에게 주었다. 종이 맨 앞장에는 〈우리들의 이야기〉라고 쓰여 있었다.

"이거 대본이에요?"

"응, 내가 일주일 동안 열심히 써봤어. 천천히 읽어봐."

대본은 종이 13장의 분량이었다. 대충 훑어보니 공연을 하면 30분 정도 걸릴 것 같았다. 선배는 내가 대본을 다 읽을 동안 가만히 기다려 주었다.

"우와, 선배 대단해요! 내용도 참신하고. 엄청 좋은 작품이 나올 것 같은데요?"

"그래? 다행이다. 사실 좀 걱정했는데."

선배는 한숨을 내쉬며 안심하는 표정을 지었다.

"걱정할 거 전혀 없어요. 다른 애들도 다 좋아할 거예요."

진심이었다. 일주일 만에 한 작품을 쓴 것도 놀라운데 읽어보니 내용은 내 생각보다 더 흥미진진했다.

"뭐야, 너한테 부탁 하나 하려고 했는데, 이러면 부탁 안 해도 되겠는데?"

"네? 어떤 부탁이요?"

"대본 읽어보고 네가 봤을 때 수정할 부분 있으면 수정해 달라고 부탁하려 했지."

"선배가 열심히 썼는데 제가 무슨 권한으로 고쳐요."

"너 차장이잖아. 이럴 때 같이 힘 합치자고 차장으로 뽑은 거지."

맞네, 나 차장이었지. 순간 깜박하고 있었다.

"그래도 이미 완벽한 것 같은데…."

"나도 사람인데 어떻게 완벽하게 썼겠어? 난 지금 제3자의 시선이 필요해. 어떻게 수정해도 상관없으니까 한번 다시 읽어보고 수정해 줘."

"네, 그럼 한번 수정해 볼게요."

선배의 부탁을 거절할 수 없었다. 선배가 좋아서 그런 것도 있었지만 선배가 연기에 진심인 게 느껴졌기 때문이다.

"선배는 연기하는 걸 진심으로 좋아하시는 것 같아요. 보는 제가 다 느껴질 정도로요."

"그렇게 보여?"

"네. 직접 대본 쓴 것도 그렇고, 아직 부족한 저한테 이렇게 부탁하시는 것도 그렇고, 다 연기를 좋아하지 않으면 하지 않을 행동이잖아요."

"맞아. 나 연기 정말 좋아해."

선배는 그렇게 말하며 활짝 웃었다. 보는 나까지 기분이 좋아지는 웃음이었다.

"하지만 힘들 때도 있어. 좋아하는 거랑 힘들지 않은 건 다른 문제인 것 같아."

"어떨 때 힘드세요?"

선배는 내 질문을 듣고는 한참 동안 고민에 잠겼다.

"아, 대답하기 불편하시면 말 안 하셔도 돼요."

"아니야, 그냥 초등학생 때 생각이 나서."

"그때 무슨 일 있으셨어요?"

"난 초등학교 6학년 때부터 연기를 배우기 시작했는데 그땐 처음이라 모든 게 낯설고 어색했었어. 그때가 좀 힘들었던 것 같아."

선배도 6학년 때 처음 연기를 시작했구나. 나랑 똑같네. 선배도 나도 그때는 다 어렸으니까. 선배도 내가 극단에 있었을 때랑 비슷한 기분을 느끼셨던 걸까?

"저도…. 아, 아니에요."

나도 모르게 내 과거 이야기를 할 뻔했다. 굳이 안 좋은 기억을 스스로 입 밖으로 꺼내고 싶지 않았다. 특히 선배 앞에서는.

"힘드셨겠어요."

이럴 때는 상대방이 했던 말 그대로를 공감해 주는 게 제일 좋다.

"하늘이 넌? 힘든 일 있어?"

말하고 싶다. 말하고 싶다. 나도 초등학생 때 연기를 했는데 극단 생활이 너무 힘들었다고. 근데 지금도 그 기억에서 빠져나오지 못하고 있다고. 그리고 무엇보다 지금 억지로 웃고 다녀야 하는 상황이 제일 힘들다고.

"아니요. 전 지금이 좋아요."

하지만 말할 수 없다. 난 사람들 앞에서 늘 밝은 이미지를 유지해 왔으니까. 걱정 하나 없이 늘 긍정적이고 순수한 사람. 사람들은 그런 사람을 곁에 두고 싶어 한다. 매사에 부정적이고 우울한 사람은 멀리하고 싶어지는 게 사람 마음이다. 그건 나도 마찬가지고.

"그럼 다행이고. 힘든 일 있으면 언제든 편하게 말해."

선배는 나를 보며 미소 지었다. 선배는 정말 좋은 사람인 것 같아. 내 속마음을 숨겨도 같이 있는 게 편한 사람은 선배가 처음이야. 그런 마음이 들수록 선배에게는 더 좋은 모습만 보여주고 싶다는 생각이 들었다.

어느새 벚꽃이 만개하는 4월이 되었다. 학교 가는 길은 분홍빛으로 물들고 있었다. 떨어지는 벚꽃잎에서 달콤한 향기가 피어오르는 것 같았다. 만약 내가 집이 멀어서 버스나 부모님 차를 타고 등교했다면 이렇게 제대로 꽃들을 보지 못했을 거야. 오늘따라 발걸음이 가벼웠다. 아마 벚꽃 때문만은 아닐 것이다. 오늘은 금요일이라 연극부 활동이 있는 날이니까.

선배는 연극부 아이들에게 직접 쓴 대본을 나누어 주었다. 선배의 부탁대로 내가 조금 수정을 한 대본이기도 했다. 물론 내가 손댈 부분은 거의 없었다. 난 그저 중간중간에 조금 어색한 부분이 있으면 연결 고리를 만들어 주는 말을 채워 넣는 역할을 했다. 예상대로 아이들 모두가 대본을 읽고는 너무 좋다며 선배를 칭찬했다. 그 와중에도 선배는 혼자 한 게 아니라 내가 같이 도와준 거라며 나한테도 고맙다는 인사를 건넸다.

그리고 우리는 그다음 주에 바로 배역 오디션을 보았다. 모두가 주인공이라는 선배의 의도에 걸맞게 작품에 나오는 인물들은 모두 이름 없이 학생 1, 학생 2 이런 식으로만 나누어져 있었고, 각 인물들이 출연하는 분량도 거의 비슷했다. 난 어떤 배역을 맡고 싶은지 한참을 고민하다 제일 밝고 활발한 이미지인 학생 2를 선택해 오디션을 보았다. 오디션은 공정하게 은하 선생님과 부장인 이준 선배가 보았다.

열심히 연습한 결과, 마침내 난 원하던 학생 2 배역을 맡게 되었다. 오디션 볼 때도 크게 긴장하지는 않았다. 다른 아이들 중에 학생 2를 맡고 싶어 하는 사람이 없기도 했고, 어느 정도 자신도 있었기 때문이다. 내 연기가 그렇게 뛰어나다고는 할 수 없지만 분명 못하는 건 아니니까.

오디션 볼 때 의외였던 건 구슬이였다. 당연히 연기를 안 해본 티가 날 거라고 생각한 것과는 다르게 구슬이는 연기를 시작하자마자 배역에 몰입하기 시작했다. 목소리는 조금 작았지만 발성이 좋은 게 느껴졌다. 구슬이의 연기가 끝나고 다른 아이들이 박수를 치며 잘한다고 수군거릴 정도였으니까.

그렇게 모든 배역이 정해졌다. 구슬이가 학생 1, 나는 학생 2, 은솔이가 학생 3, 아윤이는 학생 4, 이준 선배는 고민 상담소를 운영하는 학생회장 역할을 맡기로 했고, 윤서와 선생님은 연출을 담당하기로 했다.

이제 좋은 일만 있을 것 같다고 생각한 요즘, 나한테 새로운 고민이 하나 생겼다.

"이 장면은 아직 시작 부분이라 그렇게 중요한 장면은 아니긴 한데, 그래도 두 사람의 관계성을 보여줘야 하거든? 너희 둘은 원래 아주 친한 사이야. 후반부에 가서는 갈등이 있긴 하지만 그것도 결국 잘 해결되고. 그런데 좀 친한 느낌이 안 나는 것 같아. 뭔가 겉으로 친한 척하는 느낌?"

학생 2 역할을 맡게 되었다고 신나서 방방 뛰었는데. 마냥 좋아할 게 아니었다. 하필 작품에서 구슬이랑 내가 그냥 아는 사이도 아니고, 완전 친한 베프 사이로 나오는 것이다.

세상은 왜 이렇게 만들어진 걸까. 하나가 좋다 싶으면 꼭 좋지 않은 일 하나가 같이 따라온다. 신이 정말로 존재한다면 신은 나를 싫어하는 게 분명하다. 아니, 왜 하필 내 소울 메이트 역할이 이구슬이냐는 말이다.

"계속 연습하다 보면 자연스럽게 나아질 수도 있겠지만 둘 다 서로의 관계에 대해 더 생각해 볼 필요가 있는 것 같아. 여기서 둘은 서로에게 정말 소중한 존재거든."

이준 선배는 우리의 문제점을 정확하게 집어냈다. 이준 선배의 말대로 우리의 문제는 연기를 잘하고 못하고가 아니다. 구슬이와 나 둘 다 각자의 대사는 충실히 읽어내고 있지만 결국 서로에게 전혀 마음을 열지 못하고 있다. 아마 구슬이도 똑같이 느끼고 있을 것이다.

우리는 교실에서는 물론이고, 연극부에서도 단 한마디도 나누지 않았다. 아니, 쳐다보지도 않았다. 우리가 프로 배우도 아니고, 이런 상태에서 우정을 나누는 연기를 한다는 건 당연히 쉽지 않다.

무엇보다 가장 도드라지는 건 구슬이의 표정이다. 구슬이는 단 한 번도 웃은 적이 없다. 연기를 할 때도 입으로는 아름다운 대사를 읊지만 표정은 변하지 않았다. 말수도 적은데 표정도 무뚝뚝하니 구슬이에게 먼저 다가가는 사람도 없었다.

난 이대로는 안 되겠다는 생각이 들었다. 이건 우리만의 문제가 아니라 연극부가 걸린 문제였다. 다른 부원들은 잘하는데 우리만 연기를 어색하게 하면 관객들이 우리 공연을 보고 뭐라고 생각하겠는가. 그리고 나도 이제는 구슬이와 진심으로 가까워지고 싶었다. 혹시 내가 불편하게 한 게 있다면 사과하고, 구슬이도 초콜릿 줬을 때 나한테 소리친 이유가 있다면 솔직하게 털어놓고. 그렇게 진정한 친구가 되고 싶었다.

난 연극부 활동이 끝나고 바로 동아리실을 나가는 구슬이를 뒤따라갔다.

"구슬아!"

구슬이는 나를 향해 뒤돌아보았다. 난 구슬이에게 가까이 다가갔다.

"잠깐만, 얘기 좀 하자."

"난 너랑 할 얘기 없어."

구슬이는 자기 할 말만 하고는 다시 돌아서 가려고 했다. 진짜 성질 머리 하고는. 하지만 화내면 안 된다.

그럼 또다시 똑같은 관계가 반복될 뿐이다.

"잠깐이면 돼. 내 얘기라도 들어줘."

그제야 구슬이는 내 앞에 서서 나와 제대로 눈을 맞추었다. 물론 나와 별로 얘기하고 싶지 않다는 게 싸늘한 눈빛에서 느껴졌다.

"네가 나랑 친하게 지내고 싶지 않다는 건 알겠는데, 그래도 이왕 연극부 같이하는 거 잘해보면 안 돼?"

구슬이는 아무 말도 하지 않고 나를 쳐다만 봤다. 난 개의치 않고 꿋꿋이 말을 이어갔다.

"연극에서 우리는 서로를 이해하고 보듬어 주는 관계잖아. 근데 이준 선배도 말했듯이 우리는 전혀 그 역할에 몰입하지 못하고 있는 것 같아."

"그래서?"

와, 드디어 구슬이가 한마디를 했다. 진짜 이 말을 들은 것만으로도 나와 대화를 할 의지가 있는 것 같아 감격스러웠다.

"너도 연기하고 싶어서 들어온 거 아니야? 우리가 연기를 잘하려면 실제로 잘 지내면 돼."

"난 마음에도 없는 짓 못 해."

구슬이는 생각할 필요도 없다는 듯이 딱딱하게 거절

했다. 이쯤 되니 너무 억울해졌다. 그냥 잘 지내보자는 게 그렇게 어려운 일인가?

"도대체 내가 뭘 그렇게 잘못했어? 처음에 친해지자고 다가간 게 불편했던 거야?"

"아니."

"그럼, 왜? 왜 이렇게까지 벽을 치는 거야?"

"난 너한테만 이러는 거 아니야. 난 다른 사람들이랑도 친해지기 싫어."

"아니, 그러니까 왜…."

"난 연극에서 할 수 있는 만큼만 할 거야. 더 이상은 바라지 마."

구슬이는 그렇게 말하고는 자기 갈 길을 갔다.

왜 쟤는 다른 사람들이랑 친해지기 싫은 걸까? 옛날에 무슨 일이 있었나? 친구들이랑 크게 싸운 적이 있나? 끝없는 질문들이 머릿속을 파고들었다. 아무리 답을 알고 싶어도 쟤가 나한테 자기 얘기를 할 턱이 없지. 그럼 앞으로도 계속 이렇게 서로 없는 사람 취급하며 연기를 해야 하나? 그건 싫었다. 하지만 그렇다고 친해지기 싫다는 애한테 더 이상 억지로 다가가는 것도 잘못된 것 같고. 정말이지 머리가 터져버릴 것 같았다.

난 극단에서 지내며 인간관계는 이렇게 형성하고 이어나가는 거구나를 배웠다. 그리고 배운 대로 실천했다. 사람들이 좋아하는 모습만을 보여주며 살아갔다. 덕분에 극단을 나온 뒤로는 사람들과의 관계에서 단 한 번도 트러블이 없었는데. 나한테 이런 문제가 생기다니. 내 밝은 모습으로 해결이 안 되는 거면 도대체 어떻게 해결해야 한단 말인가. 난 한 손으로 머리를 쥐어 싸매고는 나머지 손에 들고 있던 대본을 그저 빤히 바라봤다.

7.
난 좋은 아이?

"아윤아."

"네, 선배!"

"네가 보기에 혹시 내가 좀 친해지기 부담스러운 성격이야?"

"아니요! 선배 성격 완전 좋은데요. 친절하고."

"그래? 고마워. 암튼 내가 밝긴 하지만 부담스럽진 않지?"

"그럼요! 왜요? 누가 부담스럽대요?"

"아니, 그건 아니고…. 그 내가 친해지고 싶은 사람이 있는데 그 사람은 나랑 친해지고 싶은 생각이 없는 것 같아. 근데 이유를 모르겠어."

"음, 원래 마음 여는 데 시간이 좀 걸리는 사람이 있잖아요. 그 사람도 그런 거 아닐까요?"

"그런가? 그 사람도 그런 타입인가?"

"제가 봤을 때 선배 성격에는 아무 문제 없어요."

"그럼 내가 뭘 해야 나랑 친해지고 싶어 할까?"

"저 같으면 그냥 마음 열 때까지 기다려 줄 것 같아요."

"그게 돼? 난 답답해서 못 기다리겠던데…."

"너무 뭘 해주려고 하면 오히려 부담될 수도 있을 것 같아요. 마음은 그렇게 쉽게 열리는 게 아니니까요. 선배가 조금만 기다려 주면 그 사람도 언젠가는 마음 열 거예요!"

"진짜 그러면 좋겠다."

난 정말 나보다 한 살 어린 아윤이에게 이런 고민을 털어놓을 정도로 지금 구슬이와의 관계에 진심이다. 왜냐고? 내 인생에 이런 일은 없었으니까. 극단에서는 내가 잘못해서 무시당했다 쳐도, 구슬이한테는 잘못한 게 없으니까. 이 문제를 제대로 해결하지 못한다면 난 앞으로 인간관계를 쌓아가는 데 있어서 더 발전하지 못할 것만 같다.

"하늘아, 윤서는?"

"아, 윤서 교무실 갔어. 어제 두통 때문에 학교 못 나와서 수행 평가 점수 확인 못 했거든. 그거 확인하러 갔어."

"넌 수행 평가 잘했어?"

"그냥 그랬어."

아니. 사실은 만점이다. 완전 잘 봤다. 뭐, 굳이 티 낼 필요는 없겠지.

"은솔이 넌? 너도 수행 평가 쳤잖아."

"야, 내가 잘 쳤겠냐? 지금 이 대사 외우는 것도 겨우 하는데. 시 외워 쓰기를 어떻게 하냐? 반은 내가 창작해서 적었어."

"뭐야, 그게!"

은솔이와 대화하면 웃고 있는 사이 동아리실 문이 열리고 선생님이랑 윤서가 들어왔다.

"윤서 왔…. 어, 뭐야! 윤서 왜 울어!"

세상에. 윤서 얼굴이 완전 눈물범벅이 되어 있었다. 그런 윤서를 은하 선생님이 다독여 주고 있었다.

"윤서야! 왜, 무슨 일인데?"

"하늘아, 나 국어 수행 평가 점수 보고 왔는데…."

"어어. 천천히 말해봐."

"근데 잘 외워 쓴 줄 알았는데 내가 모르고 한 구절을 빼먹었었어."

"진짜?"

"응, 그래서 감점당했어…."

윤서는 길 잃은 어린아이처럼 소리 내어 울었다. 은솔이랑 아윤이, 그리고 선생님까지 합세해 윤서를 위로했다.

"윤서야! 울지 마! 난 다 지어내서 적었어."

"선배, 괜찮아요. 지나간 건 잊고 다음에 더 잘하면 되죠."

"그래, 윤서야. 친구들이 이렇게 다 위로해 주는데. 아이고, 쌤이 다 미안하네. 다음부터는 시 외워 쓰기 하면 안 되겠다."

아무리 옆에서 응원의 메시지를 날려도 윤서의 울음은 그칠 줄 몰랐다. 내가 나서야 할 것 같다.

"윤서야, 울지 마. 예쁜 얼굴 다 젖겠다. 우리 세수하고 올까?"

"그래, 하늘아. 윤서 데리고 갔다 와."

"네, 선생님."

난 윤서의 손을 꼭 잡고 동아리실을 나갔다. 가는 길

에도 몇 번이나 윤서에게 울지 말라고 말해줬다.

"윤서야, 이제 좀 괜찮아?"

난 윤서에게 휴지를 건네며 물었다.

"아니, 안 괜찮아…. 나 진짜 중간고사도 잘 못 쳤는데 수행 평가까지 점수 깎이면…."

"에이. 겨우 국어 한 과목이잖아. 그리고 너 중간고사도 잘 쳤으면서! 너 많이 노력했잖아. 내가 다 옆에서 지켜봤는데, 뭘. 나도 이렇게 잘했다고 해주는데 네가 스스로를 그렇게 생각하면 어떡해. 스스로한테도 좋은 말 많이 해 줘야지."

"그래도…. 중학교 때부터 성적 관리 잘해야 대학 잘 간다고 했단 말이야."

또 대학 얘기.

"틀린 말은 아니지만 너 정도면 충분히 잘하고 있는 거야. 자신감을 가져!"

"나 진짜 기말고사까지 망치면…. 그땐…."

아, 진짜.

"또 운다. 울지 말라니까. 너 우는 거 보니까 내가 다 마음이 안 좋다."

"난 도대체 뭐가 부족한 걸까? 나름 열심히 한다고

생각했는데…."

언제까지 위로해 주고 있어야 하지.

"윤서야, 기분도 꿀꿀한데 우리 동아리 그냥 땡땡이 칠까?"

"어? 그래도 괜찮아? 괜히 나 때문에…."

"아니야, 네가 이렇게 우는데 어떻게 동아리를 하러 가겠어. 우리 뒤뜰에 있는 벤치 가자. 가서 우리끼리 대본 읽자."

"응! 좋아!"

휴, 드디어 눈물 그쳤네.

"아, 생각해 보니까 나 교실에 대본 두고 왔어. 나 대본 가지고 올 테니까 너 먼저 벤치에 가 있어!"

"알겠어!"

윤서는 내가 건넨 휴지로 눈물을 닦고는 먼저 뒤뜰로 향했다. 난 윤서의 뒷모습이 사라지고 나서야 겨우 참았던 한숨을 내쉬었다.

"아니, 겨우 5점 깎인 거 가지고 왜 저렇게까지 우는 거야? 진짜 이해가 안 되네. 역시 난 윤서랑 좀 잘 안 맞는 것 같아."

난 저번 중간고사 때도 윤서가 울어서 똑같이 위로해

췄다. 근데 아무리 공감을 해주고 위로를 해줘도 윤서의 투정은 끝나지 않았다. 윤서를 카페에 데려가서 음료를 한 잔 사 주고 2시간이나 자기 비하와 신세 한탄을 들어주고 나서야 상황은 종료됐다. 앞으로도 시험 칠 때마다 이 상황을 겪어야 한다고 생각하니 벌써부터 앞날이 까마득했다.

난 교실에 가서 대본을 가지고 벤치로 갔다. 윤서는 나를 보더니 싱긋 웃었다. 나도 일단 윤서를 보며 웃었다. 우리는 선생님께 말씀도 드리지 않고 1시간을 뒤뜰에서 보냈다. 나도 이렇게 땡땡이를 치는 건 처음이라 기분이 좀 좋았다.

우리는 수업 끝나는 종이 치고 나서야 벤치에서 일어났다. 윤서는 바로 교실로 돌아갔고, 난 동아리실에 필통을 두고 와 가지러 갔다.

"하늘아! 왔구나!"

동아리실에 들어가니 이준 선배가 혼자 남아 의자를 정리하고 있었다.

"선배! 도와드릴게요!"

"괜찮은데. 고마워."

난 선배를 도와 의자를 원위치시켰다. 같이 해서 그

런가, 금세 정리가 끝나갔다.

"그러고 보니 하늘아."

"네!"

"오늘 동아리 빠진 거…."

맞다. 들어오자마자 선배한테 사과부터 했었어야 했는데.

"아, 선배 말도 없이 빠져서 죄송해요. 그게 윤서가 일이 좀 있어서…."

"응. 선생님한테 들었어."

"진짜 죄송해요. 같이 있다 보니까 시간 가는 줄 모르고…."

"아니야, 괜찮아. 그냥 너무 안 오길래 혹시 무슨 일이 생겼나 걱정했어."

이렇게 생각해 주는 선배를 두고 감히 땡땡이칠 생각을 했다니. 내가 잘못 판단했다. 괜히 선배한테 밉보인 거 아닐까?

"하늘이 넌 좋은 아이인 것 같아."

"네?"

"늘 밝고, 친구들도 잘 챙기고. 난 솔직히 친구가 아무리 수행 평가를 망쳤다 해도 1시간이나 옆에 같이 있어 주지는 못할 것 같아."

순간 가슴이 파도처럼 출렁거렸다.

"그리고 윤서 하나밖에 실수 안 했다며? 내 친구였다면 난 그 친구를 이해 못 했을지도 몰라. 겨우 하나 가지고 운다며. 근데 하늘이 넌 끝까지 친구 옆에 있어 준 거잖아. 그런 점은 널 닮고 싶어."

선배는 마지막 의자를 정리하고는 대본을 챙겼다.

"도와줘서 고마워, 하늘아. 그럼 다음 주에 보자!"

난 선배가 나가고 난 뒤 옮기고 있던 의자에 앉았다. 선배의 말에 아무 대답도 할 수 없었다. 뒤통수를 한 대 얻어맞은 기분이었다. 그래 맞아. 솔직히 나도 선배처럼 생각했어. 겨우 그런 일로 우는 윤서가 이해되지 않았어. 난 윤서를 진심으로 위로해 주는 척했던 거야. 속으로는 그렇게 생각 안 했으면서. 동아리 활동을 빠진 것도 윤서를 위해서라고 말은 했지만 사실 그냥 내가 땡땡이를 쳐보고 싶었던 걸지도 몰라. 그리고 난 친구를 위해 동아리까지 빠진 착한 이미지를 쌓고 싶었던 거지, 모두 다 진심이 아니었어.

순간 부끄러움이 밀려들어 왔다. 선배는 이런 내 모습을 닮고 싶다고 했는데. 난 모두를 속인 거야.

앞으로도 계속 이렇게 살아도 되는 걸까?

8.
아니, 나쁜 아이

"구슬아, 안녕?"

난 윤서가 운 날 이후로 다짐했다. 더, 더 착한 아이가 되겠다고. 지금까지 보였던 것보다 훨씬 더 좋은 모습만 보여주겠다고. 그러다 보면 언젠간 내 마음도 진짜 좋아지겠지. 나쁜 생각이 날 틈조차 주지 않는 거야. 내 마음을 좋은 것들로만 가득 채우겠어.

그래서 난 오늘 용기를 내서 미친 척하고 구슬이에게 말을 걸었다. 아윤이는 그저 기다리라고 했지만 그래도 역시 내가 먼저 좋은 모습을 보여야 구슬이도 마음을 열지 않겠어?

"오늘 날씨 진짜 좋지 않아? 햇빛 완전 쨍쨍해. 여름 오려나 봐."

"…."

구슬이는 여전히 나를 쳐다보지도 내 말에 대꾸하지도 않았다. 그래. 아무 대답 안 해도 상관없어. 이제 여기서 타이밍 좋게 한발 물러나면 돼.

"오늘도 연습 잘해보자!"

좋아. 깔끔했어. 그리고 난 대본을 읽고 있는 이준 선배에게 다가갔다.

"선배, 저 여쭤볼 게 있는데요."

"응, 뭔데?"

"여기 제가 은솔이랑 대화하는 장면에서요, 어떤 감정을 가져가는 게 맞을까요? 인물의 마음을 잘 모르겠어요."

"음, 여기서는 좀 질투심을 느끼지 않을까? 너는 은솔이가 배부른 고민을 하고 있다고 생각하는 거야."

"아, 그렇겠네요! 감사합니다!"

"아니야, 또 궁금한 거 있으면 물어봐."

"네!"

진짜 인물의 마음이 궁금해서 선배에게 물어본 건 아

니다. 그냥 열심히 대본을 분석하는 모습을 보여주고 싶었다. 선배는 연극부 부장이니까 최선을 다하는 그런 아이를 좋아할 것이다.

 왠지 오늘은 느낌이 좋았다. 마음을 고쳐먹어서 그런가? 진짜 내 마음 깊은 곳이 정화된 것 같았다.

 연극부 연습이 끝나고 마지막 교시 수업을 듣기 위해 교실로 돌아갔다. 원래 금요일 마지막 시간에는 학교에서 필수로 받아야 하는 교육을 듣거나, 가끔은 특별 강사님이 오셔서 특정 주제에 대해 강의를 했다. 그런데 오늘은 할 게 없는지 선생님께서 자습을 하라고 하시고는 교무실로 내려가셨다. 일주일을 열심히 잘 살았다는 생각 때문인지 마지막 시간은 늘 몸이 늘어진다. 난 어차피 문제집을 펴봤자 집중이 안 될 것 같아 연극 대본 대사나 외우기로 했다.

 연극부 연습은 척척 진행되었다. 대사도 3분의 1 정도는 빠르게 외웠고, 연극 앞부분은 얼추 장면도 만들어졌기 때문이다. 구슬이와의 관계는 여전히 발전이 없어서 이준 선배에게 지적을 받고 있긴 했지만 시간이 지나면 나아질 거라고 난 확신한다. 우리가 무슨 원수 사이도 아니고, 그냥 아직 친해지지 못한 것뿐이니까. 같이 연극하다 보면 분명 구슬이의 마음에도 변화가 생길 것이다.

한참 대본을 읽고 있는데 조용하던 교실 뒤편에서 갑자기 아이들의 목소리가 들렸다. 난 자연스레 그 대화에 귀를 기울였다.

"구슬아, 물어볼 거 있는데."

구슬이? 구슬이에게 먼저 말을 거는 애도 있네? 친구가 있었나?

난 슬쩍 뒤를 돌아 구슬이의 자리 쪽을 쳐다보았다. 우리 반 여자애 두 명이 구슬이에게 다가가 핸드폰을 보여주고 있었다.

"혹시, 이거 너 맞아?"

구슬이는 그 아이의 핸드폰을 보더니 시선을 손에 들고 있던 책으로 옮겼다.

"아니."

"맞는 거 같은데? 너 어렸을 때 맞지?"

"아니라니까."

뭐가 아니라는 거지? 쟤들은 지금 구슬이한테 뭘 보여주고 있는 거야? 그사이 순식간에 다른 아이들까지 구슬이의 책상 쪽으로 몰려들었다.

"왜, 뭔데?"

"아니, 이거 봐."

"그게 무슨 영상인데?"

"이거 몇 년 전에 했던 드라만데 여기 나오는 거 구슬이 닮았지 않아?"

"보자, 보자. 어! 진짜네! 이구슬이네!"

아이들의 웅성거리는 소리가 점점 커졌다. 구슬이는 그 아이들을 무시하고 책만 들여다보고 있었다. 근데 표정이 좀 안 좋아 보였다.

"나도 볼래. 맞네! 지금 머리카락이 길어서 그렇지, 구슬이 어렸을 땐가 봐!"

"헐 대박. 얘 배우였던 거임?"

"이 드라마 꽤 유명했지 않아? 우리 엄마가 봤던 것 같은데. 아직도 영상 돌아다녀."

"완전 귀엽다. 구슬아, 왜 얘기 안 했어?"

"그니까. 나였으면 동네방네 자랑하고 다녔을 듯."

"그러고 보니 구슬이 영화에서도 본 것 같은데. 구슬아, 혹시 다른 데도 출연한 적 있어?"

"지금은 연기 안 해?"

"야, 얘 연극부잖아."

"아, 연극부야? 워낙 조용해서 뭐 하는지도 몰랐네."

"그럼 배우 하려고 연극부 들어간 거야?"

"야, 연극부 들어가면 다 배우 하냐? 배우 되기 얼마나 힘든데."

"그렇긴 해. 아, 그럼 오디션 같은 것도 봤겠네? 나도 기획사 같은 곳에서 오디션 볼까 고민 중인데 꿀팁 좀 전수해 주라."

"근데 이름 검색하니까 안 나오는데?"

"검색해서 프로필 나올 정도면 우리도 이미 다 알았겠지."

잠깐만. 말이 점점 이상한 방향으로 흘러가는 것 같은데. 쟤들 구슬이랑 친하지도 않으면서.

"드라마 잠깐 출연한 거 가지고 왜 이리 호들갑이야?"

"맞지. 요즘 개나 소나 다 배우 한다고 난리잖아."

"나도 배우나 해볼까?"

"네 얼굴로는 안 될 듯."

"왜 안 돼. 이구슬도 따지면 그렇게 예쁜 편은…."

쾅-

순식간에 시끄럽던 교실이 조용해졌다. 구슬이는 책

상을 부서질 듯 내려치고는 그대로 교실 밖으로 나갔다. 아이들은 그 와중에도 자기들끼리 수군거렸다. 안 돼, 저대로 나가면….

"윤서야, 나 구슬이 따라가 볼 테니까 혹시 선생님 오시면 말해줘."

난 바로 구슬이를 뒤따라갔다. 하지만 복도에서는 이미 구슬이의 모습이 보이지 않았다. 난 중앙 계단을 내려가 건물 밖으로 나갔다. 정문 쪽으로 뛰어가고 있는 구슬이의 모습이 보였다.

"구슬아! 이구슬!"

구슬이는 못 들은 건지 못 들은 체하는 건지, 뒤도 안 돌아보고 달렸다. 난 얼른 구슬이에게 달려가 구슬이의 팔을 잡았다.

"야, 너 어디 가는…."

울고 있었다. 처음 보는 구슬이의 표정이었다. 구슬이의 두 눈에서 눈물이 볼을 타고 흘러내렸다. 윤서가 수행 평가 망쳤다고 울었을 때보다 훨씬 깊게 고인 눈물이었다.

"이거 놔."

구슬이는 억지로 나의 손을 떼어내려고 했다. 난 그

럴수록 더 세게 구슬이의 팔을 잡았다.

"어디 가는데."

"네가 알아서 뭐 하게."

"아니, 지금 그런 말 할 상황이야?"

"놓으라고."

구슬이는 결국 나의 손을 떼어냈다.

"너 괜찮아?"

난 구슬이에게 한 발짝 다가갔다. 그러자 구슬이는 나에게서 한 발짝 멀어졌다. 구슬이는 아무 말도 하지 않고 땅만 쳐다봤다.

"너 괜찮냐고."

"가까이 오지 마."

"너 진짜….."

"네가 뭔데 나한테 그런 말 해."

구슬이는 다시 고개를 들었다.

"뭐?"

이게 무슨 소리지? 내가 무슨 말을 했다고. 괜찮냐고밖에 안 물어봤는데.

"아니, 난 네가 지금 울고 있으니까 걱정돼서….."

"그러니까 네가 왜 날 걱정하냐고."

슬슬 화가 났다. 아무리 내가 싫어도 그렇지, 걱정해 주는 사람한테 왜 걱정하냐고 묻는 건 아니지 않나?

"난 걱정도 하면 안 돼?"

"적어도 넌 하면 안 되지."

"뭐? 왜?"

"너 지금 진짜 걱정해 주는 거 아니잖아."

"야, 너 왜 사람 마음을 마음대로 왜곡해? 난 진짜 네가 걱정돼서…."

"나 그때 들었어."

이건 또 무슨 소리지.

"갑자기 뭘 들었단 거야?"

"너 최윤서가 수행 평가 못 쳤다고 울어서 화장실로 데리고 왔었잖아. 그때 다 들었어."

"윤서 위로해 준 걸 들었단 거야? 그게 뭐…."

"아니, 최윤서 나가고 네가 혼잣말하는 거 들었다고."

혼잣말? 내가 무슨 말을 했었지?

"하, 너 스스로가 한 말도 기억 못 하나 본데, 겨우 5점 깎인 거 가지고 왜 저렇게 우는지 모르겠다고 했잖아. 이해 안 간다고."

아, 생각났다. 그때 주변에 아무도 없다고 생각했는

데 칸 안에 있었던 건가?

"아니, 그건…."

"난 너 같은 애들이 제일 싫어. 앞에서는 착한 척 다 해놓고 뒤에서 욕하는 거."

"뭔가 오해하는 것 같은데, 욕이 아니라…."

"너 최윤서 앞에서는 그렇게 말 못 하잖아. 그게 욕이 아니면 뭐야?"

순간 어떠한 변명도 소용이 없을 것 같다는 생각이 들었다.

"너 지금도 그래. 넌 그냥 지금 착한 이미지 하나 더 쌓고 싶은 거야. 나 걱정하면 애들은 다 너만 좋은 사람으로 보겠지."

"난…."

"네 이미지 쌓아보겠다고 다른 사람 이용하지 마. 너 진짜 가식적이야. 역겨워."

구슬이는 그렇게 말하고는 학교 밖을 나갔다. 그러면서 작게 속삭였다.

"잠깐이라도 친하게 지내야겠다고 생각한 내가 병신이지."

9.

그러니까 진짜 내 마음은

'너 진짜 가식적이야. 역겨워.'

그로부터 몇 주가 지났다. 날씨는 이제 완전히 한여름이 되었고, 세상은 아무 일도 없었다는 듯이 잘만 돌아갔다.

그날 이후 구슬이가 배우였다는 소문이 다른 반에까지 퍼져 몇몇 아이들이 직접 확인하러 구슬이를 찾아왔다. 구슬이는 그럴 때마다 자리를 박차고 교실을 나가 버렸다.

연극부도 계속 활동했다. 근데 구슬이는 없었다. 어

느 날부터 동아리 시간 전에 늘 조퇴를 해 같이 연습 못 한 지 좀 됐다. 은솔이와 아윤이가 구슬이 왜 안 오는지 아냐고 물어봐도 난 할 수 있는 말이 없었다.

난 구슬이와 마지막 대화를 나누고는 한참을 생각에 잠겨 지냈다. 지금도 생각하고 있다. 구슬이가 나한테 역겹다고 한 게 계속 머릿속을 맴돌았지만 사실 기분이 나빴던 것도 아니고, 그건 중요한 문제가 아니었다. 그저 내가 왜 이렇게 돼버렸는지에 대한 생각을 했을 뿐이다.

난 언제부터 이랬을까. 어릴 때는 이러지 않았던 것 같은데.

언제부턴가 난 남들의 시선을 의식하기 시작했다. 그게 누구든지 간에 처음 보는 사람이 있다면 일단 그 사람이 어떤 사람인지 파악했다. 아, 이 사람은 내가 친절하게만 대하면 나랑 쉽게 친해지겠네. 그다음은 쉬웠다. 그 사람에 맞춰서 적절하게 행동하면 되었으니까. 말 그대로 그때그때 가면을 썼다. 어디에도 진짜 내 모습은 없었다. 사람마다 성격이 다르기 때문에 나도 대하는 게 조금씩은 달랐지만 사람들이 공통적으로 좋아하는 사람의 특징은 분명 있었다. 난 사람들이 좋아하는 그 특징들을 전부 나에게 적용했다. 밝은 아이, 활발한 아이, 긍정적인 아이, 눈치 빠른 아이, 예의 바른 아이, 순수한 아이, 착한 아이. 그렇게 지금의 내가 만들어졌다. 근데 그게 무조건 좋은 건 아니었다. 어쨌든 꾸며진 모습이었으니까.

윤서가 울었을 때도, 구슬이를 처음 봤을 때도 그랬다. 겉으로는 착한 척, 좋은 사람인 척했지만 속으로는 욕을 하고 있었다.

무엇이 나를 이렇게 만들었을까. 극단 생활을 했을 때부터? 그때 내가 한 실수로 인해 선배들과 부모님을 실망시켜서? 그게 다일까? 그냥 내가 처음부터 이런 사람이었던 게 아닐까? 설령 이유가 있다 한들 내가 한 행동이 정당화되는 행동일까?

아니, 그냥 사랑이 받고 싶었던 것 같다. 사람들이 원하는 대로 행동해야 사랑받을 수 있으니까. 그래야 날 좋아해 주니까.

구슬이가 마지막에 분명 그랬다. 잠깐이었지만 나랑 친하게 지내야겠다고 생각했다고. 근데 그걸 내가 다 망쳐버렸다. 내가 잘못한 거다. 내가 좀 더 진심을 가지고 다가갔다면 어떻게 됐을까? 그럼 구슬이도 마음을 열었을까?

"하늘아, 하늘아!"
"응?"
"너 대사 할 차례야."
"아, 미안해. 어디까지 했지?"
"너 무슨 일 있어?"
"아니야, 아무것도."

계속 똑같은 질문을 되풀이했다. 아무리 생각해도 답은 나오지 않았다. 연극을 할 때면 더 구슬이가 생각났고, 그럴수록 더 자책했다.

오늘따라 너무 정신이 없었다. 계속 멍하게 지냈다. 도저히 마지막 수업을 들을 수 없을 것 같아 동아리가 끝나고 선생님께 말씀드려 조퇴를 했다. 난 가방을 둘러메고 학교를 나갔다.

"하늘아!"

부르는 소리에 뒤를 돌아보니 이준 선배가 있었다.

"어디 가?"
"아, 저 조퇴하려고요."
"왜? 어디 아파? 너 오늘 집중 못 하는 것 같긴 했는데, 혹시 열 나?"

선배가 내 이마에 손을 갖다 대었다. 선배의 따뜻한 손에 오히려 열이 오르는 것 같았다.

"그냥 조금…. 선배 수업 안 들어가셔도 돼요?"

"나도 조퇴했어!"

"네? 선배 어디 아프세요?"

"그건 아닌데, 어차피 이번 교시 자습이기도 하고, 어제 연기 학원에서 무리했더니 오늘 좀 쉬고 싶어서."

선배는 그렇게 말하면서 웃었다. 선배는 오늘도 여전히 밝아 보였다.

"하늘아, 바로 집에 갈 거야?"

"네, 그러려고요."

"그럼 안 바쁘면 잠시 나랑 같이 편의점 갈래? 혼자 가기 심심해서."

"네, 좋아요."

선배랑 난 학교 근처에 있는 편의점에 들렀다. 저녁 먹기에는 아직 시간이 일러 나중에 집에서 먹을 컵라면을 하나 샀다. 그리고 우리는 편의점 앞에 있는 공원에 들러 강이 바로 보이는 벤치에 앉았다. 애매한 시간이라 그런지 사람은 거의 없었다.

"이거 마셔."

선배는 나한테 초코우유를 하나 내밀었다.

"괜찮아요, 선배 드세요."

"두 개 샀어. 우리 지금 마시자."

난 초코우유를 받자마자 뜯어 꼴깍꼴깍 들이켰다. 나도 몰랐는데 목이 말랐던 것 같다.

"맛있어?"

"네, 맛있어요."

"난 피곤하면 무조건 달달한 거 먹거든. 아니다, 안 피곤해도 먹어."

우리는 서로를 쳐다보며 미소 지었다. 잠시 침묵이 이어지는데 선배가 먼저 말을 꺼냈다.

"하늘아."

"네?"

"혹시나 해서 물어보는 건데, 구슬이랑 무슨 일 있었어?"

연극부 활동할 때마다 느꼈는데 선배는 눈치가 정말 빨랐다. 아니, 어쩌면 눈치 못 채는 게 더 이상한 상황일지도.

"아니요, 그게…."

나 또 거짓말하는 건가? 구슬이랑 그 일을 겪고도? 애초에 솔직하게 말하면 해결되는 문제인가? 혼란스러웠다. 그래도…. 선배라면 내 얘기를 들어주지 않을까?

"그게 일이 있긴 있었는데, 제가 잘못한 거예요."

"무슨 일 있었는지 물어봐도 돼?"

어디서부터 얘기해야 할까.

"…선배, 뜬금없을 수도 있는데 혹시 선배는 자신이 싫어진 적이 있으세요?"

"음, 많지. 시험 잘 못 치면 공부 안 한 내가 싫고, 대사 못 외우면 겨우 대사 한 줄 못 외우는 내가 싫고."

선배는 역시 솔직했다. 그래서 나도 솔직해져 보기로 했다.

"저는 지금 제가 싫어요."

"왜?"

"저요, 사실 거짓말했어요."

"어떤 거짓말?"

난 잠시 뜸 들이다 말했다.

"진짜 제 모습이 아닌 다른 모습을 사람들에게 보여줬어요. 그래서 사람들을 속였어요."

선배는 아무 말도 하지 않고 나를 그저 바라봤다.

"윤서가 울어서 위로해 줬을 때도 속으로는 우는 윤서가 이해가 안 갔어요. 선배한테는 좋은 모습만 보이고 싶어서 힘든 일 없다고 했고, 대본도 더 열심히 보는 척했어요. 근데 그걸 구슬이한테 들켜버렸어요. 구슬이가 저한테 가식적이라고 했어요. 뭐라 말하고 싶었는데 틀린 말이 아니라서 아무 말도 할 수 없었어요."

"그런 일이 있었구나."

선배는 들고 있던 초코우유를 한 입 마시고는 말을 이어갔다.

"난 말이야, 그렇게 생각해. 사람에게는 누구나 여러 가지 모습이 있다고. 그건 나도 마찬가지고."

"선배도요?"

"그럼. 나도 너랑 똑같아. 다른 사람은 알지 못하는 모습이 숨겨져 있어. 이건 너랑 나뿐만이 아닐 거야. 그래서 난 그게 잘못되었다든가 가식적이라고는 생각하지 않아."

"정말 잘못이 아닐까요? 제가 속마음을 숨겨서 구슬이는 저를 못 믿게 됐어요. 이젠 어떤 게 진짜 내 모습인지도 모르겠어요."

마음이 어지러웠다. 누가 나한테 지금은 솔직하게 얘

기하고 있는 거냐고 물어보면 대답할 수 없을 것 같았다. 그때 선배가 말했다.

"하늘아, 너한테 여러 가지 모습이 있을 뿐이지, 남들한테 보인 네 모습이 진짜 네가 아닌 건 아니야. 난 네가 분명 그 순간순간마다 상대방에게 진심을 다했을 거라고 생각해. 좋은 모습만 보이는 거, 그거 진심 없으면 할 수 없는 거야."

선배 말이 진짜일까? 난 정말 남들에게 진심을 다한 걸까? 스스로 확신이 들지 않아 선배의 말에 대답할 수 없었다. 난 다 마시지 않은 초코우유를 만지작거렸다.

"그럼 하늘아, 넌 왜 솔직하게 행동하지 못했다고 생각해?"

이 질문엔 망설임 없이 대답할 수 있었다.

"사랑받고 싶어서요. 사람들이 절 좋아해 줬으면 했어요. 근데 제 진짜 마음을 얘기해 버리면 다 절 떠날 거라고 생각했어요."

"사랑받는 게 너한테 많이 중요해?"

"네. 중요해요. 그것도 엄청."

"왜 그런지 말해줄 수 있어?"

순간 내 과거를 드러내야 한다는 게 조금 망설여졌

다. 하지만 어차피 다 털어놨으니까 이제는 과거를 얘기해도 괜찮겠지 싶었다.

"사실 저도 선배처럼 초등학교 6학년 때 연기를 시작했어요. 저희 지역에 있는 극단에 들어갔는데 제가 눈치 없게 굴어서 극단 사람들이 저를 피했어요. 그때 처음 깨달았어요. 사랑받지 못한다는 게 얼마나 슬픈 일인지. 극단은 결국 공연하고 그만뒀는데 그때부터 사람들을 의식하기 시작했어요. 상대방을 빠르게 파악해서 그에 맞게 행동한 거예요. 사람들이 좋아할 만한 모습으로 꾸며서."

이젠 정말 다 얘기했다. 그동안 누구에게도 말하지 못했던 나의 마음을. 선배는 내 얘기를 듣고 잠시 고민하는 듯하더니 나에게 말했다.

"하늘아, 있지, 네가 솔직하든 솔직하지 못하든 네 곁에 있을 사람은 언제든지 네 곁에 남아 있을 거야."

"그럴까요?"

"그럼! 물론 그중엔 나도 있어."

선배를 바라봤다. 선배는 나를 보며 환한 표정으로 웃고 있었다.

"난 있는 그대로의 네가 제일 보기 좋아."

선배의 그 말 한마디에 주저 없이 무너져 내렸다. 아, 나 그동안 내 생각보다 더 많이 힘들었구나. 사실 나도 숨기고 살아가는 나 스스로가 너무 싫었다. 그걸 구슬이를 통해 제대로 마주했을 뿐이었다. 그리고 어쩌면 난 이준 선배같이 말해줄 사람이 필요했던 걸지도 모른다.

"어, 하늘아! 울지 마!"

어느새 눈에서 눈물이 흐르고 있었다. 참아왔던 게 다 터져버린 느낌이었다. 선배는 손으로 내 눈물을 닦아줬다. 우리는 그렇게 한참을 더 강을 바라봤다.

"오늘 연습은 여기까지 할게! 모두 수고했어!"

"수고하셨습니다!"

오늘은 1학기 마지막 연습 날이었다. 구슬이도 다시 연극부에 나오기 시작해 1학기 마무리를 잘할 수 있었다. 원래는 여름 방학 중에도 연습할 계획이었지만 이준 선배가 입시 준비로 바빠 어쩔 수 없이 2학기 때 만나기로 했다. 그리고 난 지금 꼭 해야 할 일이 있다.

"이구슬!"

난 연습이 끝나자마자 제일 먼저 동아리실을 나가는 구슬이를 따라가 불렀다. 구슬이는 나인 걸 확인하고는 다시 앞으로 걸어갔다.

"내가 미안해!"

구슬이가 내 말에 그 자리에 멈춰 섰다.

"네 말이 다 맞아. 그래, 처음부터 말할게. 나 사실 처음에는 교실에 아는 친구가 없어서 친구 사귀려고 너한테 다가갔어. 네가 조용해 보이길래 내가 밝게 인사 건네면 당연히 받아줄 줄 알았거든."

구슬이가 이번에도 날 무시하고 갈 거라고 생각했는데. 날 쳐다보지는 않았지만 다행히 구슬이는 그 자리에 서서 내 얘기를 들었다.

"근데 네가 안 받아주는 거야. 네가 나한테 가라고 소리쳤을 땐 화도 났어. 이런 경우는 나도 처음이라 좀 오기가 생겼던 것 같아. 너랑 꼭 친해지고 말겠다고. 처음엔 그랬는데, 지금은 아니야! 지금은 진심으로 너랑 친구가 되고 싶어."

구슬이는 천천히 고개를 돌려 나를 쳐다봤다.

"그래, 너 짜증 난 적도 많았어. 근데 네가 그러는 데에는 내가 모르는 이유가 있을 거라고 생각해. 네가 그 이유를 말해주면 난 그게 뭐든지 이해해 줄 거야. 그리고 지금 확실히 말하는데, 나 너 울 때 정말 진심으로 걱정했었어. 네가 그렇게 달려 나가다 다칠까 봐 따라간 거고."

복도 창문에서 햇살이 비쳐 들어와 순간 구슬이의 얼굴이 보이지 않았다. 지금 구슬이의 표정은 어떨까.

"네가 그때 나한테 가식적이라고 말해준 덕분에 나를 돌아보게 됐어. 그래서 앞으로는 그렇게 행동하지 않을 거야. 숨기지도 않을 거고, 완전 솔직하게 살지도 않을 거야. 그냥 내 모습 있는 그대로 보여줄게. 그러니까 나 너무 싫어하지 말아 줘."

구슬이는 어느샌가 나를 향해 아예 몸을 돌리고 있었다. 하지만 아무 말도 하지 않았다. 그래도 괜찮았다. 내 마음은 다 전했으니까.

"방학 잘 보내! 나 먼저 갈게!"

오늘은 단축 수업을 하는 날이라 난 그대로 학교를 나갔다. 나가니까 이준 선배가 기다리고 있었다.

"얘기 다 했어?"

"네, 선배. 다 말했어요."

"구슬이가 뭐래?"

"아무 말도 안 했어요. 그냥 기다려 보려고요."

"잘 생각했어. 분명 괜찮아질 거야."

햇살이 따갑게 내리쬐고 있었지만 마냥 뜨겁지만은 않은 바람이 불어왔다. 난 오랜만에 온몸으로 바람을 만끽했다.

10.

좋은 일과 나쁜 일은 늘 함께

"유하늘! 방학 잘 보냈어?"

"응! 잘 보냈지."

"완전 보고 싶었잖아. 한번 만났어야 했는데 평일에는 학원에 붙잡히고, 주말에는 가족 여행 다니느라 바빴어."

"알차게도 보냈네."

"방학이 한 두 달 정도 됐으면 좋겠다. 그럼 더 여유롭게 보냈을 텐데."

"그니까. 방학 너무 짧아."

동아리실에서 은솔이와 윤서와 시답잖은 얘기를 나

누고 있으니까 다른 아이들도 차례대로 들어오기 시작했다.

"선배! 방학 잘 보내셨어요?"

"아윤이 왔구나! 우린 잘 보냈어. 안 그래도 방학 동안 뭐 했는지 얘기하고 있었어."

"전 아주 그냥 펑펑 놀았어요."

"에이, 1학년은 놀아도 돼."

우리는 모두 모여 수다를 떨었다. 방학도 좋지만 역시 사람을 만나는 것도 좋다. 오랜만에 활기찬 분위기를 느끼니 마음에 생기가 돌았다.

"구슬아, 안녕?"

난 오랜만에 만나는 구슬이에게도 인사를 건넸다. 구슬이가 인사를 안 받아줘도 괜찮다는 생각으로 말이다.

"…안녕."

"어?"

잠깐, 뭐야. 지금 내가 잘못 들었나? 아니다. 구슬이는 나를 바라보고 있지 않았지만 분명히 인사를 받아줬다.

"뭘 봐?"

"어? 아니야. 그냥. 방학 잘 보냈어?"

"응."

와. 드디어 구슬이랑 대화다운 대화를 나누었다. 겨우 두세 마디 정도였지만 대화를 한 것 자체가 너무 기뻤다. 나도 모르게 미소가 새어 나왔다. 구슬이가 내 얘기를 듣고 조금은 마음을 연 걸까? 왠지 방학 동안 서로 더 성장한 느낌이었다.

"하늘아!"

"네, 선배!"

"잠깐 이것 좀 볼래?"

"그게 뭐예요?"

이준 선배에게 다가가니 선배가 나한테 종이 한 장을 내밀었다.

"예산 기획서?"

"응, 그거 우리 연극부 예산 기획서야. 2학기 되면 학교에서 동아리마다 축제 때 쓸 지원금 나눠주는 거 알지? 그래서 이거 다음 주 금요일에 제출해야 하는데 내가 금요일에는 대회 나가야 해서 학교 못 나오거든. 그래서 하늘이 너한테 부탁 좀 하려고."

"제가 작성하면 되나요? 근데 이거 중요한 건데 제가 작성해도 될지…."

"너니까 믿고 맡기는 거지. 부담 갖지 말고 공연 때

필요한 소품이랑 비용 작성해서 동아리 담당 선생님께 제출하면 돼."

"네! 제가 그럼 잘 써볼게요!"

 2학기가 되자 이준 선배는 연기와 관련된 각종 대회에 나가느라 연극부 활동에 빠지는 일이 잦았다. 선배가 가고자 하는 고등학교 입시 시험이 10월에 있어서 그것만 무사히 넘기면 그 뒤부터는 다시 연극부에 집중할 수 있다고 했다. 그래서 선배가 없는 동안은 내가 연극부를 이끌었다. 친구들은 모두 날 잘 따라와 주었다. 구슬이는 여전히 연기할 때 웃지 않았지만 왠지 한결 편안해진 느낌이었고, 내가 말을 하면 대답도 해주었다. 모든 게 잘 흘러가고 있었다. 근데, 내가 저번에도 말했듯이 원래 좋은 일이 하나 생기면 무조건 안 좋은 일이 따라오는 법이다.

"하늘아!"

"네, 선생님!"

은하 선생님이 다급하게 동아리실로 들어왔다.

"지금 문제가 좀 생겼어."

"어떤…."

"연극부 예산 기획서가 중간에 누락됐어."

"네? 혹시 제가 뭔가 잘못 썼나요?"

"아니, 그게 아니라 동아리 담당 선생님은 연극부 예산 기획서를 받은 적이 없으시대."

"네? 저 분명 제출했는데…."

"선생님께 직접 드렸어?"

"아니요, 교무실 갔는데 자리에 안 계셔서 책상에 올려뒀었어요."

"하…. 이를 어쩐담…."

선생님은 머리를 부여잡으시고는 담당 선생님과 다시 이야기해 보겠다며 교무실로 가셨다. 그때 연습하다 선생님과 내 얘기를 들은 은솔이가 다가왔다.

"하늘아, 그게 무슨 소리야? 예산 기획서가 뭐 잘못됐어?"

"그게 연극부 예산 기획서가 사라졌대…."

"뭐? 그럼 어떻게 되는 거야?"

"그러니까…."

어느새 아윤이랑 윤서까지 와 있었다.

"선배, 그럼 축제 준비 비용 못 받을 수도 있는 거예요?"

"하늘아, 그게 진짜야?"

"나도 잘 모르겠어…."

활기차던 분위기는 순식간에 숙연해졌다. 아이들은 수군거리기 시작했다.

"그럼 우리 어떻게 해?"

"지원금 못 받으면 소품 같은 거 어떻게 사? 우리 지금 사야 할 거 많잖아."

"공연 못 하게 되는 거 아니야?"

"선배, 너무 걱정 마요. 은하 선생님이 다시 교무실 가셨잖아요."

"아윤아, 지금 걱정 안 하게 생겼어?"

"그래, 아윤아. 이건 중요한 문제인 것 같은데…."

"우리가 그동안 얼마나 열심히 준비했는데. 축제도 얼마 남지도 않았고."

"그러게, 이제 기말고사만 치면 축젠데…."

"하늘아, 너 진짜 잘 제출한 거 맞아?"

순간 모든 아이들이 날 쳐다봤다.

"아까 들어보니까 선생님 책상 위에 올려두고 왔다며."

"그래? 확인 잘했어? 아, 혹시 올려뒀는데 바람에 날아간 게 아닐까?"

"헐. 진짜 그런 거 아니야?"

"선배, 제가 생각했을 때 그럴 확률은 적은 것 같은데…."

"아니, 그럼 그게 어디로 갔겠어?"

"하늘아. 잘 생각해 봐. 아니면 다른 선생님 책상에 둔 거 아니야?"

아닌데…. 나 정말 올려둔 거 확인하고 왔는데…. 근데 목소리가 안 나와. 가슴이 우글거리는 느낌이 들었다. 그리고 아이들의 목소리는 점점 커졌다.

"하늘아, 이준 선배가 너 믿고 맡긴 거 아니야?"

"맞아, 이준 선배가 너 차장이라고 시킨 거잖아…."

"근데 이렇게 되면 이준 선배가 뒤집어쓰는 거 아니야? 부장이라고."

"에이, 선배. 그럴 일은 없을 거예요."

"그럼 이거 누가 책임질 건데?"

또 한 번 아이들은 나를 쳐다보았다. 시선을 어디다 둬야 할지 몰랐다. 눈앞이 흐릿해졌다.

"나, 진짜 아니야. 나 확인 잘했어."

난 겨우 한마디를 내뱉었다.

"하늘아, 이거 그냥 넘어갈 일 아니야. 우리 연극부가 달려 있다고."

"나 실수한 거 없는데…."

"그럼 이게 우리 잘못이야? 하늘이 네가 제출하고 왔잖아."

"아니, 그런 말이 아니라…."

"하, 됐다. 얘들아, 연습하자."

은솔이는 그렇게 말하고 뒤돌았다. 순간 아무도 날 바라봐 주지 않던 극단 생활이 떠올랐다. 심장이 터질 듯이 뛰고, 호흡이 가빠졌다. 마음속에 있던 풍선이 터질 듯이 부풀어 오르고 있었다.

펑-

"나 아니라니까!"

"뭐?"

"나 아니라고."

"하늘아, 떼쓸 때가 아니야. 너 아니면 누가…."

"왜 내 말을 안 믿어줘? 내가 제대로 올려두고 왔다잖아."

"우린 모르지. 같이 교무실을 안 갔는데."

"그러니까. 같이 가지도 않았으면서 왜 함부로 말하냐고."

"야, 유하늘. 너 왜 그래?"

"뭐가?"

"너 원래 이런 애 아니잖아."

"그래, 하늘아. 너 왜 화내."

몸이 갈기갈기 찢어지는 듯한 느낌이 들었다. 참을 수 없을 정도로 화가 났다.

"너희 진짜 웃긴다. 그럼 내가 어떤 앤데. 난 뭐 화도 못 내는 사람인 줄 알아? 나도 감정 있고, 화낼 줄도 알고, 소리 지를 수도 있거든?"

말하면서도 목소리가 잠겼다. 난 곧바로 동아리실을 뛰쳐나갔다. 그리고 무작정 달렸다. 근데 가방도 없이 학교 밖에 나갈 용기가 안 생겨 학교 뒤뜰로 갔다.

벤치에 앉고 나니 모든 게 실감 났다. 참았던 울음이 터져 나왔다. 못 참고 화내버렸어. 남들에게 제일 보여주고 싶지 않았던 모습을 보여주고 말았어. 그동안 잘 숨기며 살아왔는데 다 들켜버렸어. 이제 다 날 싫어할 거야.

"야."

고개를 들었다. 앞에 구슬이가 서 있었다.

"너, 왜…."

"뭐 하냐?"

"보면 몰라?"

"네가 왜 우는데."

나오던 눈물이 쏙 들어갔다. 관계가 좀 개선됐나 싶었는데 아니었나. 난 얘 앞에서 울 자격도 없는 건가.

"난 울면 안 되는 거야? 화내도 안 되고, 소리 지르는 것도 안 되는데 우는 것까지 안 되면 난 어떻게 해야 하는 거야?"

"네가 아니라며."

"뭐가?"

"네가 잘 확인했다며. 그럼 네가 울 필요는 없는 거 아니야?"

"그것 때문에 우는 거 아니야."

"그럼?"

"내 진짜 모습을 들켜버려서. 그래서 이러고 있는 거야."

"네 진짜 모습이 뭔데."

"너도 아까 봤잖아. 화내고 소리 지르는 거."

"그건 누구나 그럴 수 있는 거 아니야? 아까 같은 상황이면 특히 더."

"난 안 된단 말이야."

"왜?"

"너 아까 은솔이랑 윤서 말 못 들었어? 화 한번 냈다고 나한테 왜 그러냐고 했잖아. 다 그래. 아무리 평소에 좋은 모습 보여줘도 한 번 안 좋은 모습 보이면 나쁜 사람 되는 거야."

"그게 왜."

"내가 좋은 모습만 보여줘야 날 좋아해 준다는 뜻이야."

구슬이는 잠시 말이 없었다.

"이준 선배가 그랬어. 내가 어떤 모습을 보여줘도 내 곁에 있을 사람은 언제든지 곁에 있을 거라고. 근데 봐. 아니었어. 결국 난 사람들이 원하는 모습을 보여줘야 하는 거야."

이게 맞아. 은솔이랑 윤서는 이제 날 싫어하게 될지도 몰라. 걔들이 원하는 모습을 보여주지 않았으니까.

"지금은?"

"뭐가."

"지금도 네 진짜 모습 숨기고 있는 거냐고."

"그건…."

"난 상관없어. 네가 화내든, 웃든, 울든."

상관없다고? 난 안중에도 없다는 거 아냐?

"그럼 그냥 화내고 올게 놔두지, 왜 여기 왔어?"

"신경 쓰이니까."

"뭐?"

"너도 그랬잖아. 그때 나 걱정돼서 따라왔다며."

"너 지금 나 걱정하는 거야?"

"비슷해."

이걸 좋아해야 하나. 감정이 뒤섞여 뭐라 반응해야 할지 몰랐다.

"걱정해 줘서 고마운데 연극부는 다시 가지 않을 거야."

"네가 왜? 잘못한 거 없잖아."

"다 망쳤잖아. 난 이제 공연만 잘 끝내면 된다고 생각했는데 일이 틀어져 버렸으니까."

"그래서? 피하겠다고?"

"난 원래 이랬어. 예전에 극단에 있었을 때도 내가 먼저 극단 그만뒀어. 그 상황을 견딜 수 없어서."

"피하면 다 해결돼?"

"피해서 나쁠 건 없었어."

"피하면 후회할지도 몰라. 극단에서 나왔을 때는 후회 안 했어?"

그때를 떠올려 봤다. 극단을 그만두고 단 한 번도 후회하지 않았었나? 그냥 나 자신을 원망하기만 했었나? 아니, 솔직히 후회했던 것 같다. 그곳에서 더 버텨내지 못했던 걸 후회했었다. 하지만 그때는 그때고. 지금은 그만둬도 후회 안 할지도 모르잖아.

"몰라. 그냥 피하고 싶어."

"그럼 피하고 싶을 땐 나한테 말해."

"왜?"

"내가 계속 피하지 말라고 말해줄게."

웃었다. 아주 살짝이었지만 구슬이가 웃었다.

"유하늘!"

멀리서 연극부 아이들이 뛰어오고 있었다.

"여기 있었구나. 한참 찾았네."

그래도 화낸 건 사과를 해야겠지?

"미…."

"미안해!"

"어?"

"방금 은하 선생님이 교무실 갔다 오셨는데 예산 기획서 찾았대. 동아리 담당 선생님이 다른 곳에 따로 챙겨놓고 깜빡 잊으셨대."

"정말?"

"응, 근데 이미 신청 기간이 끝나버려서 지원 못 받을 수도 있대. 그래도 어떻게든 도와줄 수 없는지 알아봐 주신다고 하셨어. 선생님이 미안하대."

"의심해서 미안해, 하늘아…."

"선배, 그리고 저희끼리 얘기를 해봤는데요. 만약 지원 못 받아도 저희끼리 돈 모아서 해결하기로 했어요. 이준 선배한테는 아직 말 안 했지만 분명 동의하실 거예요."

아이들이 내게 진심으로 사과했다. 꽉 막혀 있던 마음이 아이스크림처럼 녹아내렸다.

"나도 화내서 미안해."

우린 서로를 감싸안았다. 구슬이는 같이 안지는 않았지만 분명 웃고 있었다.

11.

너에게만 말하는 비밀

"자, 이거."

"나 달달한 거 별론데."

"야, 이럴 땐 빈말이라도 고맙다고 좀 해라."

"잘 마실게."

구슬이와 난 연극부가 끝나고 잠시 동아리실에 남았다. 난 매점에서 산 초코우유를 구슬이에게 건넸다.

"야, 이젠 솔직하게 얘기할 때 됐지 않아?"

"뭘 말이야."

"첫 번째. 넌 왜 친구를 사귀기 싫은가. 두 번째. 내가 초콜릿 줬을 때 왜 꺼지라고 소리쳤는가."

"꺼지라고 한 적은 없는 것 같은데."

"암튼. 난 저번에 다 말했으니까 이젠 네가 말할 차례지."

구슬이는 초코우유를 뜯었다. 나도 구슬이가 얘기할 때까지 초코우유를 마시며 기다렸다.

"나 어릴 때 배우였어."

"응, 알아. 교실에서 나도 다 들었으니까."

"넌 왜 안 놀라?"

"놀라야 해?"

"보통 다 놀라던데. 반 애들처럼."

"뭐, 신기하긴 한데 네가 배우였든 가수였든 그건 중요한 게 아니니까. 그리고 너 연극부에서 연기할 때 연기해 본 티가 났었어. 그래서? 계속 얘기해 봐."

"난 엄마랑만 살고 있어. 나 어릴 때 엄마랑 아빠랑 헤어지셔서. 근데 엄마는 일을 안 하고 있었던 상태라 집에 돈이 별로 없었어. 그때 아는 사람이 우리 엄마보고 나 끼가 많으니까 배우 시키라고 하셨대. 그래서 우연히 오디션을 봤는데 합격한 거야. 처음엔 드라마에 짧게 출연했고, 입소문이 나서 다른 드라마나 영화에도 출연하게 됐어."

"와, 재능이 있긴 있었나 보네."

"처음엔 좋았어. 연기하는 거 재밌었거든. 돈 벌어서 엄마도 드리고. 근데 그렇다고 사람들이 다 날 좋아해 주는 건 아니더라. 처음에는 어리니까 그런 거 잘 몰랐는데 연기 몇 년 하고 나니까 자연스럽게 알게 되더라고."

"악플 같은 거 말하는 거야?"

"응. 별로 예쁘지도 않은데 왜 자꾸 나오는 거냐. 어린 게 끼 부리는 거 보기 싫다. 이런 말은 기본이었어."

"헐, 사람들 진짜 못됐다."

"그래도 모르는 사람들이 하는 말이니까 무시하려고 했어. 근데 모르는 사람들만 나 싫어하는 게 아니었어. 그때 가장 친했던 친구들이 내 욕 하는 걸 들었거든. 내가 연기한다고 나대는 거 재수 없다고 했어."

"야, 그게 친구냐?"

"그 말을 듣고 나서는 사람들이 싫어진 것 같아. 내가 어떤 모습을 보여줘도 날 욕하는 사람들이 있으니까. 더 이상 다른 사람한테 욕먹기 싫어서 연기도 그만두고, 중학생 되고 나서는 좀 떨어진 여기로 이사 오게 됐어. 처음에 너 밀어낸 것도 그래서였어. 어차피 너도 날 싫어할 거라고 생각했거든."

"야! 내가 널 왜 싫어하냐?"

"안 싫어하면 다행이고."

"그럼 연극부는 왜 들어온 거야?"

"엄마가 제대로 된 직장을 못 구하셔서 집이 좀 어려워. 내가 뭐라도 해야 하는데 할 줄 아는 게 연기밖에 없더라고. 근데 연기 안 한 지 너무 오래돼서 당장 오디션을 봐도 합격하지 못할 것 같았어. 그래서 연기 다시 하면서 감 좀 찾으려고 들어온 거야."

"너 연극부 처음 들어왔을 때 고민 있다고 한 거 이거야?"

"응. 이걸 사람들한테 말할 수는 없었으니까."

"나한테는 말해도 돼?"

"네가 말하라며."

"아니, 나한테만 알려준 거니까 기분 좋아서 그러지."

"뭐가 좋다는 건지…."

"그럼 우리 이제 친구야?"

"야, 넌 왜 이렇게 친구에 집착해?"

"내가 좀 그래. 난 혼자가 싫거든. 우리 친구 맞지?"

"몰라."

구슬이는 고개를 돌렸다. 하지만 구슬이의 표정이 어

떤지 알 것 같았다.

"얘들아! 마지막 리허설은 여기까지 하고 남은 시간은 쉬고 있자!"
"네!"
오늘은 드디어 축제. 우리가 무대에 오르는 날이다. 우리 학교 축제는 외부 사람들도 올 수 있어서 공연을 보는 사람도 많을 것이다. 난 엄마에게 꼭 공연을 보러 오라고 신신당부를 했다.
"하늘아, 리허설 하느라 수고했어."
"아니요, 선배가 더 고생했죠."
대기실에서 쉬고 있는데 선배가 내 옆에 와서 앉았다.
"하늘아, 나 너한테 말할 거 있어."
"뭔데요?"
선배는 살짝 망설이더니 말했다.
"나 사실 예전부터 너 알고 있었어."
"네? 언제부터요?"
"음, 너 작년에 강당에서 성적 장학금 받았지? 그때 널 알아봤는데, 훨씬 전부터 너 알고 있었어."
"네? 어떻게요?"

"나 네가 한 공연 보러 갔었어. 너 6학년 때."

"네?"

진짜 네? 소리밖에 나오지 않았다. 내 흑역사인 그 공연을 선배가 봤었다고?

"미안, 놀랐지?"

"아니, 네. 근데 선배는 그 공연 어떻게 알고 보러 간 거예요?"

"나 너랑 같은 극단이었거든."

"그게 무슨…."

"그러니까 나도 6학년 때 극단에 들어갔어. 그때 넌 5학년이었겠다. 난 1년 하고 그만뒀었어. 내가 그만두고 네가 극단에 들어간 거지."

어디서부터 물어봐야 할지 감이 잡히지 않았다. 선배는 그런 내 마음을 이해한다는 듯이 이야기를 이어갔다.

"난 어릴 때부터 드라마나 영화에 나오는 인물을 따라 하는 걸 좋아했어. 그걸 본 할머니가 먼저 나한테 추천해 줘서 극단에 들어가게 됐어. 처음엔 좋아하는 연기 배우니까 마냥 재밌었는데 점점 갈수록 극단 분위기 때문에 힘들어졌어."

"분위기요?"

"응. 하늘이 너 때는 멤버가 좀 바뀌었을 테니까 어땠을지 모르겠는데 내가 극단에 있었을 때는 뭐랄까, 우리는 하나! 이런 느낌이 엄청 강했어. 그냥 들으면 좋은 걸 수도 있는데 사실 안 좋은 게 더 컸어. 한 명이 잘못하면 다 같이 혼나야 하는 상황이 많았거든."

"아…."

생각해 보면 내가 있었을 때도 그랬다. 좋은 일이든 안 좋은 일이든 다 같이 나누는 그런 문화.

"근데 난 극단에서 제일 어렸고, 실수도 많이 했어. 그때마다 선배들까지 같이 혼나고 벌을 받았는데, 그래서인지 선배들이 다 나를 싫어하는 게 느껴졌어. 모두 날 아예 없는 사람 취급하더라고. 나도 너처럼 그 시선을 이겨내지 못하고 나온 거지, 뭐."

선배는 그때가 생각난 듯 씁쓸하게 웃었다. 선배한테 이런 일이 있었구나.

"그럼 공연은 왜 보러 오셨어요? 저 같으면 안 좋은 기억이 있으니까 딱히 안 보고 싶었을 것 같은데."

"맞아, 나도 좋은 마음으로 보러 간 건 아니야. 그냥 미련이 좀 남았던 것 같아. 극단 자체는 싫었어도 연기하는 건 좋아했으니까. 그러다 너도 알게 된 거야. 공연

홍보 포스터에서 네 사진이랑 이름을 봐서 학교에서 다시 만났을 때 한 번에 알아봤어."

"제가 극단 그만둔 것도 제가 말하기 전부터 알고 계셨어요?"

"응, 그 뒤로도 극단에서 하는 공연 계속 보러 갔었거든. 그다음 공연부터는 네가 안 나오길래 그만뒀구나, 라고 생각했어."

"왜 연극부 신청하러 갔을 때 아는 척 안 하셨어요?"

"넌 날 몰랐으니까. 먼저 아는 척하면 부담스러울까 봐 말 안 했지."

"그럼 차장은 왜 시켜주신 거예요?"

"네가 연극부 꼭 들어오길 바랐거든."

"왜요?"

"그냥, 공연 때 널 보면서 극단 생활 하던 내 모습이 떠올랐어. 네가 무대에 가만히 서 있는 모습을 보면서 혹시 선배들한테 혼나는 게 아닌가 걱정됐어. 나도 못 버티고 극단을 나왔는데 너도 연기를 그만두면 어떡하지 이런 생각이 들더라. 진짜 그 뒤로는 너를 무대에서 볼 수 없어서 아쉬워하고 있었는데 네가 교실로 찾아온 거야. 네가 계속 즐겁게 연기하길 바랐어."

"제가 교실 안 찾아갔을 수도 있었잖아요."

"맞아, 그건 우연이었어. 우리가 같은 극단에 다녔던 것도, 내가 연극부를 만든 것도, 그래서 너랑 내가 만난 것도. 아니, 어쩌면 운명이었을지도 모르겠네."

원래 난 운명 같은 건 믿지 않았는데. 선배가 말하는 걸 들으니 정말 운명이란 게 존재하는 것 같다.

"선배, 그런 말은 좋아하는 사람한테 하는 거예요."

"그러니까 지금 너한테 말하잖아."

선배는 왜 당연한 걸 말하냐는 듯한 표정으로 말하고는 미소 지었다. 내 귀가 달아오르는 게 느껴졌다. 머릿속에선 사이다처럼 기포가 터졌다. 지금은 분명 겨울인데 마음에선 여름이 떠다녔다. 난 서둘러 말을 돌렸다.

"어쨌든 선배 제가 실수한 거 보신 거네요."

"실수는 누구나 할 수 있는 거니까. 나도 극단에 있을 때 실수 많이 했고."

"그래도…. 전 공연 때 실수한 거니까…."

"너무 그렇게 생각하지 마. 오늘 잘하면 되지. 이거 얘기한 것도 너한테 공연 날 얘기해 줘야겠다고 생각하고 있었어."

"왜 하필 오늘이요?"

"이번에는 잘할 거니까 너무 긴장하지 말라고. 내가 같이 있잖아."

선배는 또 웃었다. 선배는 늘 나에게 웃는 모습만 보여준다. 그래서 나까지 같이 웃게 만든다. 선배는 이런 말 들으면 심장이 터질 것 같다는 걸 알까? 어쩌면 선배도 지금 같이 두근거리고 있을까?

"얘들아, 좀 있으면 강당에 사람들 들어올 거야! 미리 준비하고 있어!"

"네, 선생님!"

난 공연 시작 전에 구슬이에게 갔다.

"구슬아!"

"왜?"

"오늘 같이 잘하자!"

"네가 실수 안 한다면 아마 잘할 거야."

"당연하지. 넌 지난번처럼 연습하다 발 삐끗하지 않으면 아마 잘할 거야."

"죽을래?"

"야, 사람들 들어온다! 준비하자!"

12.

있는 그대로의 내 모습

"선배! 고등학교 합격한 거 축하해요!"

"뭐야, 저번에도 축하해 줬잖아."

"그땐 선물을 못 줬잖아요. 이거 선물이에요!"

"초코우유? 너 요즘 볼 때마다 이거 손에 들고 있는 것 같다?"

"누구 덕분에 좋아졌거든요. 다음엔 1리터짜리 사드릴게요. 큰 것도 파는지는 모르겠지만요."

"그래, 기대할게. 고마워."

선배와 난 무사히 공연이 끝나고 같이 저번에 갔던 공원에 갔다.

"부모님이 공연 보고 뭐라셔?"

"기대 하나도 안 했는데 생각보다 잘해서 깜짝 놀랐대요. 저뿐만이 아니라 다 잘했다고 하셨어요. 다음에도 기대하겠대요."

"그래, 내년에도 잘해야지. 내년엔 하늘이 네가 부장이다?"

"네? 제가요?"

"그럼, 내가 방금 너한테 부장 자리 넘겼어."

"음, 거절하진 않을게요!"

선배와 난 마주 보고 웃었다. 우리 둘의 웃음소리가 비눗방울처럼 퍼져 나갔다.

"선배, 예전부터 궁금했는데요, 연극부 이름 왜 푸름이에요?"

"아, 청춘 할 때 청이 한자로 푸를 청이잖아. 청춘이 모여 연극한다, 뭐 그런 뜻이야."

"오, 듣고 보니 이름 예쁜 것 같아요."

"그럼 나도 예전부터 궁금한 거 있었는데, 물어봐도 돼?"

"네! 그럼요!"

"하늘이 너 연극부 처음 활동하는 날에 꿈이 없어서

고민이라고 했잖아."

"아, 그거 사실 딱히 생각나는 고민이 없어서 아무거나 말한 건데…."

"그랬어? 그럼 원래 꿈 있었어?"

"아니요, 생각해 보니 진짜 꿈이 없었어요."

"그래? 그럼 지금은 꿈 있어?"

"네, 새로 생겼어요."

"뭔데?"

"저 선배랑 같은 고등학교 가는 거요."

난 선배를 바라봤다. 선배도 나를 바라봤다.

지금 내 감정이 어떤지 한마디로 정의할 수는 없지만 확실한 건 난 이제 더 이상 숨기지 않는다는 거다. 더 이상 사랑받지 못할까 봐 걱정하지 않는다. 이미 내 곁에는 있는 그대로의 나를 좋아해 주는 소중한 사람들이 많이 있으니까. 그렇게 쭉, 앞으로도 그저 나답게 이 세상을 살아갈 것이다.

작가의 말

이 이야기는 제가 저를 싫어하면서 시작되었습니다.

저는 주변에서 다재다능하고 성격도 좋다는 이야기를 듣는 반면, 늘 스스로 어딘가 비어 있다는 느낌을 받았습니다. 왜 그럴까 곰곰이 생각해 보니 남들에게 보여지는 내 모습이 진짜 내가 아닌 것 같았기 때문입니다.

혹시 내가 이중인격자가 아닐까, 나만 이렇게 살아가는 게 아닐까 늘 불안하였습니다.

나와 같은 고민을 가진 하늘이를 주인공으로 삼은 후, 저는 용기 내어 친구들에게 연락했습니다. 나처럼 생각해 본 적이 있냐고. 제 질문에 친구들은 솔직하게 말해

주었습니다. 다 같은 고민을 가지고 있다고. 다 하나쯤은 사회적 가면을 쓰고 살아간다고. 아, 나만 그런 게 아니구나, 저는 그 말 한마디에 큰 위안을 얻었습니다.

《비밀의 하늘》의 대부분은 제 이야기입니다. 하늘이 역시 저를 모티브로 해서 만든 아이이고요.

글을 쓰면서도 수도 없이 고민했습니다. 다른 사람들은 하늘이를 이해할 수 있을까. 과연 나를 이해할 수 있을까. 이해받지 못할까 봐 두렵기도 했습니다.

그럼에도 글을 썼습니다. 한 명쯤은 나의 이야기를 공감해 줄 거라는 희망을 품었습니다.

우리는 누구나 다른 사람에게 사랑을 받고 싶어 합니다. 하늘이도 사랑받기 위해 노력했고요. 하지만 하늘이도, 저도 이제는 압니다. 스스로를 사랑해 주는 게 제일 중요한 일임을요.

저는 이 책에서 솔직함에 대해 얘기하고자 한 게 아닙니다. 단지 나답게 살아가는 것이 좋다는 것을 말하고 싶었습니다.

제가 특히 애정하는 인물은 이준이입니다. 실제로 이준이처럼 말해주는 사람이 곁에 있으면 좋겠다는 마음에서 만들어진 아이이기 때문일지도 모르겠습니다.

하지만 이준이뿐만은 아닙니다. 저는 제 글에 나온 모든 아이들을 사랑합니다. 각자만의 이야기를 가진 아이들이 모여 따뜻함을 만들어 가는 모습이 노을빛보다 아름다웠습니다.

저는 아직 많이 부족한 사람입니다.

이번이 세 번째 출간이지만, 앞에 쓴 두 책은 읽기 부끄러워 펴보지도 못하고 있습니다.

그럼에도 글을 써보려 합니다. 제가 세상에 하고 싶은 이야기는 아직 많이 남아 있으니까요.

솔직히 이 글을 읽고 삶을 살아갈 용기가 생겼다고 말할 사람은 없을 겁니다. 저도 그걸 바라지는 않고요. 다만 저는 그저 이 글을 읽고 한 스푼의 위로를 얻었으면 좋겠습니다.

사랑하고, 사랑받는 세상이 되기를 꿈꾸며 소박한 글의 끝을 맺습니다.

글을 끝까지 읽어주신 모든 분들께 감사의 말씀을 전합니다.

찬란한 하늘이 빛나는 날
김푸름

비밀의 하늘

초판 1쇄 발행 2025. 7. 30.

지은이 김푸름
펴낸이 김병호
펴낸곳 주식회사 바른북스

편집진행 황금주
디자인 김민지

등록 2019년 4월 3일 제2019-000040호
주소 서울시 성동구 연무장5길 9-16, 301호 (성수동2가, 블루스톤타워)
대표전화 070-7857-9719 | **경영지원** 02-3409-9719 | **팩스** 070-7610-9820

·바른북스는 여러분의 다양한 아이디어와 원고 투고를 설레는 마음으로 기다리고 있습니다.

이메일 barunbooks21@naver.com | **원고투고** barunbooks21@naver.com
홈페이지 www.barunbooks.com | **공식 블로그** blog.naver.com/barunbooks7
공식 포스트 post.naver.com/barunbooks7 | **페이스북** facebook.com/barunbooks7

ⓒ 김푸름, 2025
ISBN 979-11-7263-509-1 03810

·파본이나 잘못된 책은 구입하신 곳에서 교환해드립니다.
·이 책은 저작권법에 따라 보호를 받는 저작물이므로 무단전재 및 복제를 금지하며,
 이 책 내용의 전부 및 일부를 이용하려면 반드시 저작권자와 도서출판 바른북스의 서면동의를 받아야 합니다.